而獨角獸倒立在歧路

王仁劭

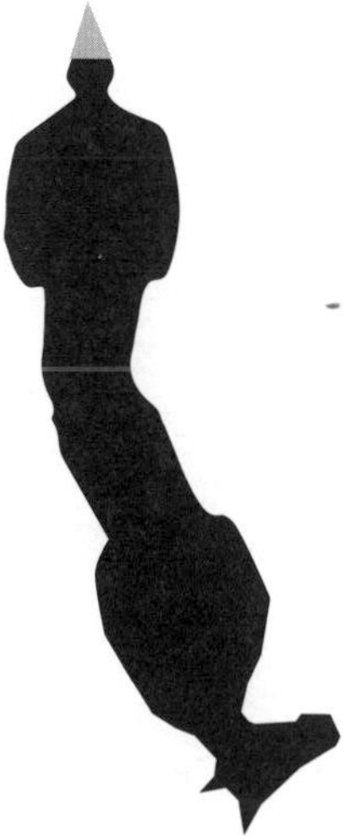

目錄

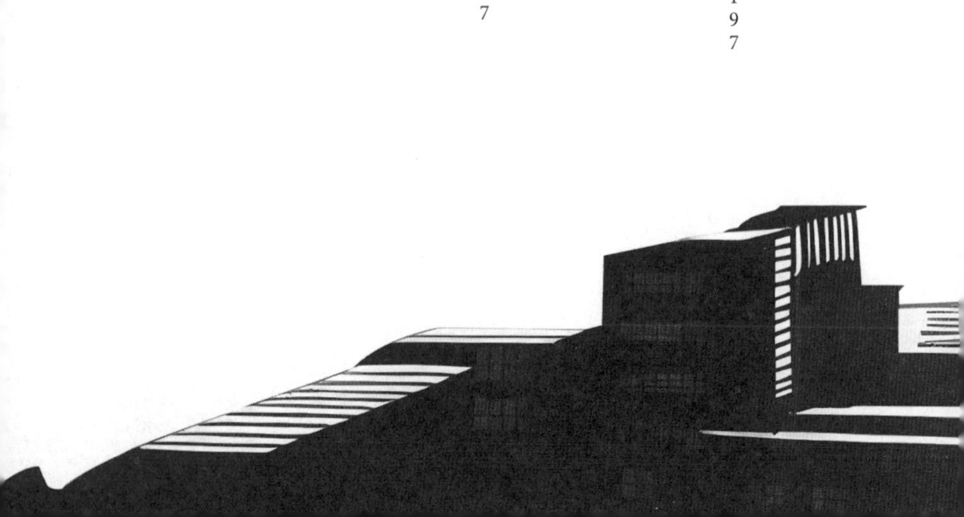

推薦序

千迴百轉縛繩術

——王仁劭小說的高度進化

作家、東海大學中文系榮譽教授　周芬伶

在小說中有所謂「逆轉」時刻，它同時是「發現」時刻。如果我與仁劭有所謂「逆轉」時刻，那應是他十九歲的某一天。

時間停留於八年前，大二上完我的小說課後休學。他那非常瘦非常高的身材坐下來有點拘促，滄桑老臉還能自帶帥氣。我說：「你還不到二十，就那麼急著出社會？」他說：「應該說，我已經快二十了，還一事無成！」休學前他上我的小說課，交極短篇作業時，他寫一男一女在街上作問卷調查，通篇用對話構成，短而有力的逆轉，我當眾對他說：「你知道你很會寫嗎？」他說「我知道啊！」不，他並不知道，否則不會選擇休學。

我雖希望他別放棄寫小說，然而他是勸不得的鐵石心腸，只能以當時狀況作分析比較，如果這樣走會怎樣，那樣走又如何，他不作回答，一切還得由他自己想清楚。

開學時在課堂上看到他，有點意外，因著高興請他當ＴＡ，其實是就近看管。他的同學已經高他一個年級，卻由重讀二年級的他當助教，立刻成爲大家的偶像。「逆轉」指主人翁命運的徹底轉變，此後他轉向看電影寫劇本，同時也寫一些小說，這時期的作品都被他刪除，記得有一篇政治不正確的情色作品，我覺得是他作品的底色；還有一篇寫妓女與宗教交織的故事；另有一篇寫蟻菸的作品，大家反應平平，他自己可能不滿意，改成極短篇發表。這些充滿幻想性的變態或性暴力描寫，展現敢衝與反叛的一面。他刪掉許多不滿意的作品，這本處女作可說是從七、八年作品中，嚴選過的精品。

不讀經典也不太讀同代人的作品，出身中文系所，卻是非典書寫者，這使他必需靠蠻力寫作，在以文字見長的文青中，他的文字較乾澀，自從讀林奕含《房思琪的初戀樂園》之後，他說「原來文字很重要！」，他的書寫因而走文字省淨，簡潔有力的方向，影像對他的影響更大，他很挑片，追求像《黑鏡》那樣的短而有力的創作風格，走一條更困難且精細的道路。

在女性、酷兒為多的同儕中，大直男絕對是異端，這讓他在求學過程倍受壓力，因此有段較內縮的時期，作品也很彆扭，喜歡以田野調查的方式和同志聊天，方法有點直接，卻意外打開他性別刻板的一面，而寫出像〈千尋是怎麼找出她爸媽的〉微酷兒小說。這個出身於彰化的大男孩，有著極保守封閉的一面，到臺北後是如何改造自己？從動物回到人自身？大概是寫小說的欲望跨越了許多界限，他的發現來得如此晚，「性別流動」、「情感流動」可能是打開他的樞紐。

小說家有很多種，一種是把自己爛在生活裡的賭徒，他們把自己逼到極限，卻能快速產出大量作品，如左拉、杜斯妥也夫斯基；有些如苦行的隱士，一生默默書寫，死後才被發現的天才如卡夫卡、佩索亞；有些如運動選手，他們藉寫作鍛鍊自己，超越自己，生活規律，自我要求嚴苛，如普魯斯特、福克納，仁劭應屬於這種。他沒有因獲獎而自滿，追求更高的技藝，走向更不一樣的方向。

在最近的作品〈千尋是怎麼找出她爸媽的〉、〈那麼多牽掛〉可以看出他小說如何邁向成熟，更貼近自己。

在此書〈狗的反義詞〉、〈而獨角獸倒立在歧路〉、〈火箭人升空後〉大約是研究所初期的作品，超現實、惡趣味、實驗性交加，技術的痕跡較明顯，也較難讀：從〈鳥擊兩百呎〉、〈三合一〉這些得獎作品，他走田野精細的鄉土寫實安全路線，發揮如運動選手般的快狠準，因此獲得肯定，這讓他疑惑以後小說都要這麼寫嗎？

在去台北之前，作品都有動物，別以為他熱愛動物，或想寫《動物農莊》那樣的象徵性寓言，事實上他對動物無感，動物在他的作品中是外部通往內部的媒介。這在〈三合一〉中看得更清楚，鴿子常受人類暴虐，成為謀財的工具，而熱衷殘酷的金錢遊戲男主角，卻對女人特別溫柔，車內的空間代表更有情有信的小世界，或說內心世界：

我只能專心留意車況，美樂蒂妳知道嗎？現在那些看起來距離遙遠的東西，其實一下子就會閃爍到眼前，可是我反而沒辦法仔細凝視。像妳現在突然笑著問，我對妳是什麼感覺，我回答不出來，還是妳早就算計好，這也是屬於自言自語的一場秀，連同妳指尖碰觸我大腿都是齣單人舞。

如果我是隻賽鴿，絕對拔得頭籌，但又是為了什麼，家明明也是合一的概念，地點是有我跟妳的世界裡，我卻以速度、穩定性來拆解破壞。

不敢相信這是仁劭會寫出來的文字，他當時還未談戀愛，又是鐵漢一個，在散文抒情寫不來的，在小說中如此流暢表白。

以動物為媒介，寫得較有趣的是〈而獨角獸倒立在歧路〉，寫的是西屯最熱鬧的朝馬（馬市），卻是城市最陰暗的角落，這裡有滯台的日本人田中、很廢的火柴、浪漫波莉、蘇蘇，還有尋找獨角獸的我、倒立的一足人阿十，他們在一起放浪作樂，他們是馬也是獨角獸，重點不在馬或獸，而是牲畜化的人類能有救贖嗎？倒立是一種顛倒看世界或是人與獸的翻轉，這裡有詩化的語言與猥褻的文字，算是作者較用力的修辭，酸的是人如牲畜，邪惡的本質，但人也如獨角獸那般也許存有心地純良的一刻，或者永遠沒有。

這篇象徵意義較多的小說，有種混濁與僵硬感，令我想到林燿德的〈大東區〉，在最繁華的城區一群都市的幽魂，啃噬著彼此的孤獨，他們酸腐著城市，城市也酸腐著他們，他們回望著城市的迴廊，城市卻從未回望他們。

上個世紀末，解構與後現代將小說支解成碎片，後設與魔幻也玩到讓大家精疲力竭，新鄉土新寫實似乎是物極必返的結果，人們想聽完整的故事，而且是完整的好故事，小說家想找回說故事的能力，然而太陽底下哪有那麼多新鮮的好故事？因此拚命在文字上加料，造成文有餘而情感／情節不足的現象，這可能是類型與網路小說盛行不衰的原因，他們更會講故事且講得更輕鬆自在，情感更奔放。小說家放棄說故事，故事卻流進影視新聞媒體八卦中。

因此仁劭以說故事者自居，代表新世代書寫者回到史詩的傳統，撥動琴弦吟遊著，訴說一則則動人的故事。他的僵硬感因吟唱而鬆開，並找到行走鋼索的平恆感。他如奧林匹克選手追求超越自己，勤苦鍛練，只為不斷進化。

尤其是〈那麼多牽掛〉是成熟且具風格的作品，在這本小說集，可以看見一個小說家如何形成，以及走鋼索的過程是如何刺激瘋狂。

他令我想到早期的張大春，林燿德，那麼敢寫，叛逆，充滿惡戲，邪惡多於神聖。他更接近村上龍的頹廢與精刁，卻無他的哲思底色。村上龍與仁劭的小說都有一種僵硬感，前者僵硬在哲理的纏繞；而仁劭僵硬的部分是自己。這在後兩篇小說才解開。

村上龍被稱為「半個法西斯」，有時霸道而不父權，有時父權而不霸道，他會在關鍵處使出一點溫柔，而在《接近無限透明的藍》中寫呼麻而死的少女，精準而殘酷，這篇完成於二十四歲的小說，描寫靡爛的青春與絕對，非常精準，仁劭也有他的精準，詩意卻很慢才生成：

> 麻繩讓Ann的肌膚窒息，她痛苦的呻吟著，恩佐沒有鬆開的打算，他明白直到Ann說出安全詞之前，每條勒緊的繩都會催出腦內啡，荊棘週身是打造兩人的樂園。繩子是繩手用來溝通的語言，所以恩佐在Ann的耳邊輕捏麻繩，然後騷過她的耳朵，小小的摩擦聲抵達到Ann的耳蝸中就是我愛妳。
>
> 我愛妳。所以請更用力地捆綁我，好像能擠碎我的骨我的靈。

他的結構法在這篇更自然而無鑿痕，交織一個因愛情與生活陷入絕望的男人，要求在脖子上縛繩，仕維稱它為「晨脖縛」，最後他也以此法結束自己的生命，並發給他最後的簡訊。恩佐的反應是非人性化然又合理：

恩佐比仕維的爸媽、女朋友、兄弟姐妹都還冷靜，無關親近程度多寡，而是他理解有人雖然看起來好好的，內心卻像數條繩子靜置在一起，久而久之便會自動糾纏不清，化為一團解不開的結，然後就這樣走了，很錯愕，很突然，也很合理。

打開房門，恩佐看到繩子上有一個牽掛。

可是實際上有那麼多牽掛。

喜愛雙線交織的結構法，讓小說富於層次，戲劇性衝突暗潮洶湧，很久沒看到這麼會說故事，與多方算計的小說家。

題材從鄉土寫實到都會超現實、異性戀到同性戀、溫馨羅曼史到ＢＤＳＭ變態情慾，題材全包，也許那求勝欲強烈的奧林匹克選手魂，一直都存在，一切都在他的冷靜算計中，所謂的逆轉會再逆轉，成為千迴百轉縛繩術。

推薦序

「什麼」的反義詞？——讀《而獨角獸倒立在歧路》

作家、東海大學中文系副教授　言叔夏

我認識王仁劭這個人嗎？老實說，我不確定。所以這篇文章的開頭寫得有點心虛……如果沒記錯的話，第一次在小說創作的課堂外碰見他，他大概剛從電梯出來，忽然用一種機器人舞步滑出電梯箱子，打招呼說：「言叔夏老師好。」說實話這個場景……該怎麼說呢，有點中二……不過他那時已經大二了。印象中大家都叫他「王仁」。我對王仁最初的印象，與其說是小說，不如說是他本人本身，好像自帶某種開關。那種開關，大概是某種青春期遺留下來的標配裝備，在外界需要他表達自我時，因為某種難以言喻的彆扭尷尬，只好硬生生開啟。可偏偏他又演得沒那麼經心到位，甚至故意留一個縫隙讓你看見那個空洞裡沒那麼想演的他（後來有一次他說他是摩羯座，我：「哦。」好的我知道了。）。那種裝備，既隱蔽又敞開，如同一件留縫的隱形斗篷。就算藏匿起來，也要你一眼看到藏匿的他。比如寫小說這件事好了，在聚集一眾創作青年、較量以知識和閱讀肉搏量的創作課堂上，他停頓了一下，會說：「我不太讀書。我不知道別人的書跟我的小說有什麼關聯。」

這種回答，換個語境，實在很像出自一位坐在教室最後一排、臨時被點到但根本沒準備的高中男學生。你不知道那聽起來吊兒啷噹裡的語氣裡究竟幾分暴露，幾分真實。但當你看過他的小說，你會知道他的這種遮蔽，或許某種意義上正顯示他講的可能都是真的。他的小說裡有一種既不是經由模仿，也不是倚賴天分得來的東西，我想那或許是一種接近「本能」的事物。類似動物性嗅覺——如果「小說」這種東西在某種意義上也是一種動物的話，那些在文本裡不斷開展、錯落的逃亡路線，或許就是他的趨光性。

這種面對小說湧現而生的動物本能，與小說這個奉結構與組織為圭臬的文類，難道不是背道而馳的嗎？我想起文藝青年的寫作時光裡總有這樣的都市傳說，聽聞某些小說寫作者的寫作方法無他，惟苦抄與蹲點而已。王仁大概不屬於前者（我不確定我沒有問他）。而蹲點呢？過去在課堂上我總困惑他的小說田野究竟坐落在何方？那些迥異於一般校園生活經驗的材料：〈三合一〉裡的賽鴿現場、〈鳥擊兩百呎〉的外島擊鳥場景、〈那麼多牽掛〉的繩縛性知識……既不是出自書本，也並不來自某種私人成長背景經驗的再造。它們更像是來自於一個穿上隱身衣、將影子擦得極淡，壓低帽簷偽裝路人的浪蕩子，隱沒進那些鴿寮鄉間歧路，外島礪沙曠野。又或者有時在夜晚閃滅的燈紅酒綠間，隱身穿行於欲望地圖的迴路（〈而獨角獸倒立在歧路〉）；有時在施暴者與被施暴者的縫隙間遊走（〈千尋是怎麼找出她爸媽的〉）。這種錄記與採集的痕跡，展演陌異的現實向度，在在顯現在小說裡調度對白與氣口的能力：畢竟我們都知道，觀想而來的小說最易在人物的說話裡暴露它對經驗的蹈空；而有些時候，敘事者壓低他自己的背脊這件事，是為了在腹腔裡壓縮出一個腹語空間，說現實裡無法說的話。

那會是一些什麼樣的話語呢？這本小說集裡收錄的八個短篇，題材殊異，但我認為它們隱約都共享了一種關於「暴力」的反覆試煉。這個歷來小說書寫裡恆常處理的母題，有時浮出於海線鄉道的空曠場景之中，賣車的業務男子夢想以賽鴿發財；在一個由車子與鴿子堆疊架高的男性社會階級體系裡，幽微的壓迫與暴力隱匿於某種結構之中，彷彿只能藉由「美樂蒂」這樣一個女性角色來尋求解套（某種意義上，這其實是一個非常容易踩踏進性別政治誤區的設定）。這是他掄得大獎的小說〈三合一〉。而全書最精彩也最驚險的〈而獨角獸倒立在歧路〉，鋪排以大量的直男話語，幾乎處處踩踏在女性主義的地雷區間，如此挑釁、激怒（他的對話對象是誰呢？）；它是如此昂揚又低伏地（也如此地政治不正確——），在技術上把握了一種揮鞭似的閱讀快感，彷彿顛倒詞義去追趕一匹脫韁的馬。一頂生日圓錐帽在七期的屋頂上輪流戴來戴去，性貨幣的對價關係萬法歸一，反而逆寫了性的荒涼與空洞；凡熱烈的，都是競逐與比拼的現場。

詞義的顛倒。借用書裡的其中一篇〈狗的反義詞〉的篇名，那被置入「反義詞」中的「暴力」，或許該改寫為「？？」的「反義詞」。它難以簡單以它的詞彙本身言述；凡指稱者，總也不免被吸納進這個正反語意的邏輯之中，成為「暴力」的衍生物。那或許是他的小說（或他本人）回應世界的方法：「什麼」的反義詞，這不很像穿戴一件有縫的隱形斗篷嗎？既隱蔽又敞開地，讓你看見縫裡那個正在用獨角倒立，其實或許哪一條路也不想選的自己——在歧路面前，獨角獸空無一物，惟有牠的角支撐著牠倒立起來。那角本身，或許才是真正的牠。

倒立在歧路
而獨角獸

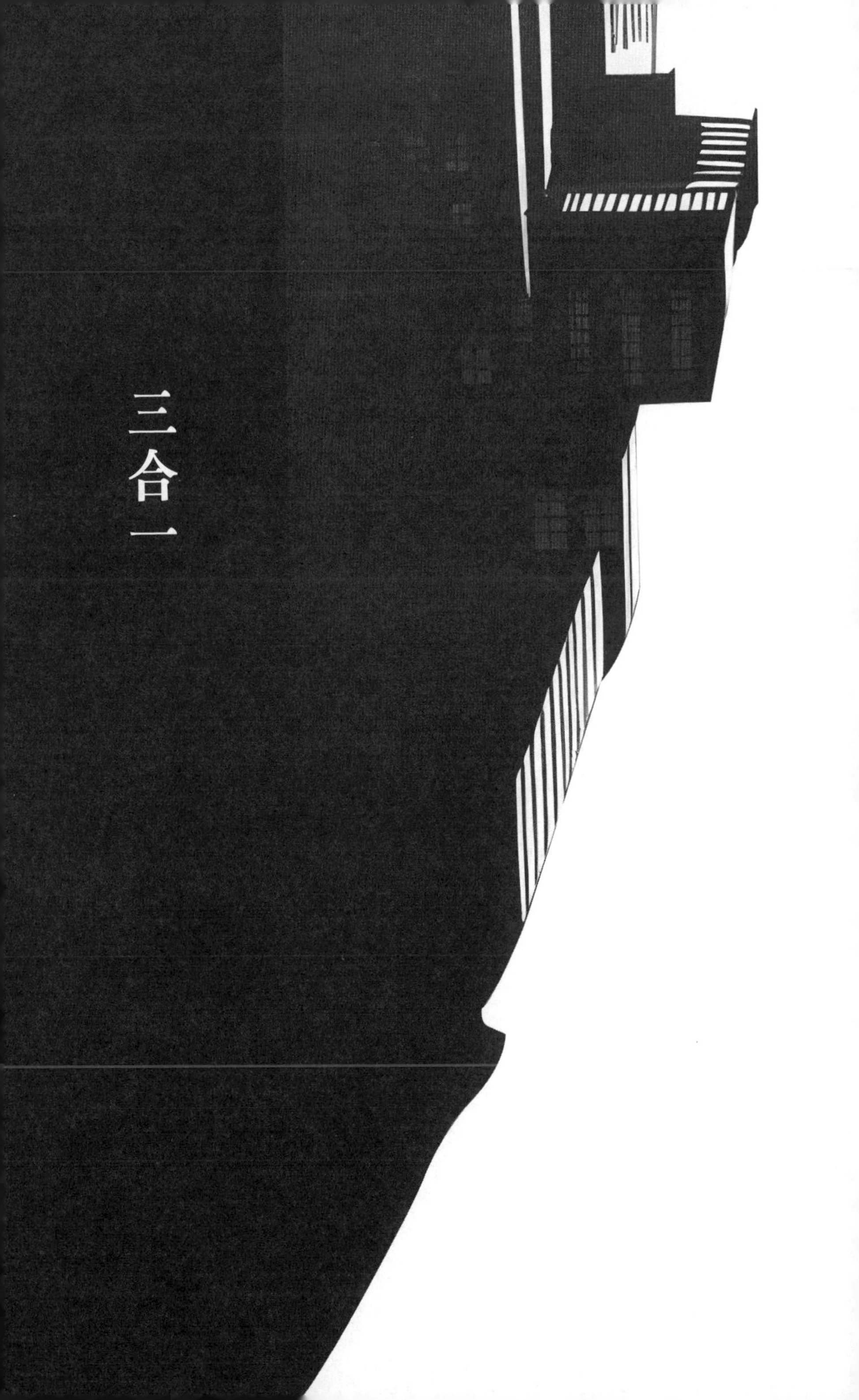

三合一

終於理解為什麼會被拐來養鴿子。

那天有人找貴叔，一個約五十歲，理平頭嚼著檳榔的男子，想要看之前過五關的鴿子。

閔良在打掃鴿舍時告訴我，是線西一間塑膠大廠的老闆，員工有六十幾人，我從小窗戶外瞥一眼，說他開的只是 Toyota 的 Town ace，小貨車基本款。閔良罵我戇呆，掃把一扔，拽著我走到隔壁。

看到貴叔先指著牆壁上諸多照片，解釋鴿子來自哪個家族，從比利時買來的種鴿生平戰績輝煌，後代的選手鴿也都有不錯的成績，作育、作出、使翔皆是自己一手包辦。

貴叔介紹完後便逕自走去二樓的鴿舍，將天際王子抓下來交給對方。

玩賽鴿的人都有一套大同小異的評量標準。眼色桔黃與西仔是大宗；再來摸翅膀、尾巴，講究手感，拉開時羽翼結構不能分岔，像百葉窗那樣櫛比鱗次；肩得寬恥骨要強硬等，甚至因南北氣候不同來選擇鴿子的體態。

貴叔人不高但有股凜冽的威嚴，話不多，只講重點，平日跟閔良的互動極不像叔姪。

「阮作比賽粉鳥攏是看兩點，敢會當互補無。」趁著男子在檢視天際王子時，貴叔說明。

所謂互補：速度快配體力好、頑點的配溫順的。

我就是聽到這句話，才想通為什麼閔良找我一起養賽鴿。從二十三到二十七歲，他每半年都跟我借一萬五，說一定會還，其實以我跟他的交情來講，借出去就沒想過要討回來。

三個月前閔良突然發訊息給我，四個字，去看戶頭。

他總共匯了八十萬進來。

「參加比賽至少要十五羽，我每次都幫你報了五羽。」他說。羽就是隻的意思，然後他叫我一起幫他養鴿子，獎金對分。

「怕家人知道的話工作就不要辭，反正你是新車業務，有底薪。沒輪到留守車行就早上開完會後來，你不是都要拜訪客戶？現在一樣，只是客戶變鴿子。」

之後我每天下班都去看一次帳戶，在ＡＴＭ前不斷微微點頭，像鴿子於地啄食混合穀物。

八十萬，他一定也有拿，卻還有八十萬。

兩個禮拜後我到伸港，閔良似乎早預料到我會來，從頂樓抓起音速飛將，上次參賽十五羽中唯一撐完五關的。

「就知道你跟鴿子都會回來！」

原來那就是貴叔說的互補。

男子摸著天際王子似乎很滿意，想了一下，然後跟貴叔說一百。

阿莎力。但貴叔依舊沒表情，只將沖泡好的鐵觀音遞給對方。「歹勢啦，猶毋過出一百萬買你囝，欲賣無？」

閔良對我使眼色。「叔叔，我們去買飼料跟土塊。」

繫好安全帶，手煞車才剛放我立刻說：「一百萬。你叔叔對鴿子這麼有感情。」

「媽啦你以為喔，如果他真的不賣，連泡茶給對方都懶。」閔良蹺著腳繼續說。「太少，萬一那鴿子的後代又過一次五關，你都沒在聽，獎金池跟檯面下的金額根本不能比，押對了，幾千萬都有可能。」

閔良搖下車窗點菸，哈一大盆。「老實說我會賣，誰能保證下次也贏。」

每次比賽少至五千羽，多則兩萬羽，從資格賽一路到第五關，飛行距離逐次拉長，最後歸返率幾乎不到1％。出一萬隻賽鴿，九千九百羽回不了家。去哪了？喪失方向感落在海面上的、中途體力不支的，也有飛往廈門一帶的逃鴿。

「做父母的比較疼小孩，還是小孩疼父母？當然前者，所以我才說別當養鴿家，要當鴿養家。」

閔良說貴叔養賽鴿養到妻小都跑了，六坪大充斥噪音跟鳥糞的鴿舍才是他的家，能飛回來的鴿子才叫爸媽，哪有什麼不能賣的，錢的問題而已。

「不過幹咧，一百萬在面前，你賣不賣？」他將菸蒂往車外一扔，轉頭問我。

「撈到一票就要閃人了，別想留我。」

閔良沒說什麼，只是竊笑。

鴿子巢居在浮晃水晶體，羽翼敞開如角膜遮蔽了視線，我要等牠們衝出眼眶，伴隨著哨聲回家。

養鴿家或鴿養家，不變的是家的位置。對，撈一票，他媽的閃人，回家。

臺灣的賽鴿跟國外不同，鴿子一生只能參加一次比賽，都是半歲鴿子，方便夏冬季都能參加，鴿子滿四周就要帶去協會，在翅膀蓋章拍照存檔，好讓主辦方在比賽前能確認是同隻鴿子。

閔良說玩賽鴿的多半都是有歲數的人，像我們這種年紀要不根本不懂如何訓練，要不沒錢入行。貴叔算半個強豪，不只教閔良養鴿要訣，還提供優秀的種鴿給他。

「你要惜福感恩。」

蓋完章後帶著鴿群去打巴拉米哥疫苗，防止鴿子染巴拉米哥病毒——前期水便、食慾降低、精神委靡，後期影響至神經系統，歪頭斜頸、無法站立、羽翼下垂。

真正養鴿後才知道，費心耗神，飼料的選擇重要外，還得定時投藥，餵保健食品，像益效菌、電解質、綠色精套水等，我撒著大把飼料，閔良在一旁記錄每隻鴿子的食量。

二十四隻鴿子擠在天良鴿舍，閔良說前八隻是我的，看是要給牠們取名字還是純叫號都行，總之要能認鴿。

「飼料用較多欵，夏天由北海轉來是對頭風，粉鳥愛有體力。」貴叔的聲音從門後傳來，指令簡潔扼要。

現今賽鴿多為海翔賽，由協會派船統一載到外海放飛，早期還有陸翔賽，我聽貴叔說陸翔比賽退流行是因為作弊情況屢見，加上鴿子在山區容易被人抓走。

「安怎作弊啊？」我問。

「上蓋簡單著AB舍啊，嘛有注藥仔欸，類固醇，彼款粉鳥咱正常飛直線攏抶贏。」貴叔冷笑。「幹伊娘咧，阮是一隻粉鳥飛回來，人看到是歸車載去報到。」

賽鴿是這樣的：協會根據每間鴿舍的位置不同，來分別計算所需花費時間，例如我們的鴿舍要在五小時內飛回來才過關，遠一點的可能就五小時十分。鴿子一飛回來，腳上的電子腳環經過閘門都會記錄，到鴿鐘打卡，再印出上頭時間。

問閔良什麼是AB舍，他又扯到美樂蒂。

「例如我們報名的鴿舍在彰化，其實桃園也有一座。訓練鴿子認桃園的鴿舍為家，鴿子一到桃園，人早就在那等，接著專車飆回彰化，再送去協會，兩個家的意思啦。」閔良講完後又說：「哦，就像你去臺中找美樂蒂時，那裡才是你真正的家。」

之前他看到我跟美樂蒂的聊天紀錄，說唉唷你對客戶賣車賣到開始噓寒問暖，再點開美樂蒂的大頭貼，媽咧，這女人幾歲了。

閔良說我中了美樂蒂的毒，怎麼會愛一個比自己大九歲的老女人，不漂亮也不有錢，眼睛不曉得被什麼糊成一團。

還能是什麼，我的眼睛裡只有鴿子。

「你住海邊仔？管人遐遢濟，飼好粉鳥啦。」貴叔碎唸。

「無啦阿叔⋯⋯彼查某有翁呢！我是甲伊苦勸，莫予查某勾去。」

「連炮都沒打過是要勾什麼，來掃鴿子大便跟換土塊啦。」我說。

「我清掃鴿舍，難道是你要來訓練鴿子嗎？阿叔咱後禮拜欲開始飛喔。」閔良嘻皮笑臉。

「一點鐘就好，毋通過頭。」

我跟閔良將二十四隻鴿子按號抓回一格格的鴿子公寓，接著照貴叔講的，在舍訓前要先建起鴿子的地盤性，伸出手掌不斷朝方格內的鴿子們揮動挑釁，鴿子感到領域被侵犯才更有家的概念。

眼睛直盯手掌，鴿子張開雙翅，橫移踩著碎步，發出嚕嚕聲，幾隻脾氣暴躁的甚至作勢啄咬，緊張的來回跳躍。

我給其中一隻取了名字，三號的小冰糖，並非外型上與眾不同，而是最溫順的鴿子。

一個禮拜後的舍訓是最基本的練習，只讓鴿子在附近繞圈，熟悉環境。閔良跟我踩在藍色鐵皮屋頂上，我手執長竿綁上旗幟，若鴿子想偷懶飛回家，就得揮舞竿頭嚇阻，閔良拿著望遠鏡觀察鴿子的紀律性、飛行狀況、速度等。

「跑來養鴿子，是不是因為美樂蒂？」閔良說。

「哭枵啊，想發財啦，賣車要死要活還要看客戶嘴臉，不努力做功課沒人理年輕業務，努力點就是從早忙到晚上十點過後，哪像現在，鴿子休息人也就去吃飯睡覺。」

「講到重點了，這裡只會操鴿子……十一號愛飛不飛的，我看不適合參賽。」

「不過養鴿子的開銷好大，叔叔怎麼有辦法全職養鴿。」我問。

「高中畢業那年，他養出一隻伯馬鴿。」

「賺多少？」我好奇地問。

真的好奇。伯馬臺語發音像「半罵」，比賽中唯一飛回來的一羽，除獨吞獎金池外，要是還有跟協會暗賭，我無法想像金額總數。

閔良放下望遠鏡，轉頭說：「怎麼不問曾經輸多少？嬸嬸都帶小孩跑了。幹，連怎麼配種作育都不清楚，別肖想伯馬鴿啦。」

「問而已，是在雞雞巴巴什麼。」

「旗子收起來了。」他說。

訓練結束，哨音響徹田間。鴿子陸陸續續飛回來，一進鴿舍就狂喝水，我留意著不讓鴿子攝取過量水分，否則飼料一吃，到胃裡遇水泡發膨脹，下午就不用飛了。

閔良還站在屋頂上，有兩隻鴿子停在鴿舍外踱步理毛，就是不進鴿舍，我一看，是他說的十一號，還有小冰糖。

「嘖……這種最麻煩。」閔良開始不斷趕著鴿子。「最怕飛回來的鴿子不進鴿舍，沒辦法記錄時間，差幾秒就有可能失格或名次被往後擠。」

我告訴閔良，這場景我看過，但不是鴿子。

有次送美樂蒂回家，車子到了大樓外，美樂蒂突然說再多繞幾圈好嗎。繞去哪？不清楚，反正家裡沒人，還不想回去。

我知道美樂蒂不會邀我進她家——她跟她先生的空間。那也無所謂，我就在附近轉圈，後來乾脆將引擎熄火，她也就不說話了。我窺視美樂蒂發呆的樣子，手指捲繞髮尾，偶爾迅速看我一眼後又將頭轉回，像解不開的密碼鎖，我放棄揣測。

閔良聽完後滿臉不屑。

他說我才是美樂蒂的鴿子，排除萬難也要飛去那。

鴿子天生具有歸巢的本能，即使到了陌生異地，體內彷彿內建GPS，加上能看到數十公里以外的高超視力，就算距離家有一兩百公里，要飛回來也並不難。

鴿子返家固然重要，但在賽鴿人的眼裡，快才是最值錢的。

讓鴿子飛行速度提升的方法有許多，前天貴叔買回來一大袋的沖天炮是一種，我只是有點猶豫。

「看到鴿子想飛下來，就點一根；若是隊伍太整齊，也點一根。角度要喬好，炸到阿叔的鴿子他會殺人。」閔良說，將線香遞給我。

「一定要這樣嗎？」我問。

「你的八十萬也是炸出來的，到底想不想撈一票？」他反問，接著將鴿群接連放出來。

「幹，炸就炸，炸死最好，飛不快的鴿子有什麼用。」我說。這是半氣話，但閔良似乎很認同。

「飛不快只能拿到鴿園換飼料，或是送給親戚燉。」他歪著頭想了一下。鴿子聽到鞭炮聲緊張就會加速，為了後續長途的飛行訓練，速度一定得往上催，同時也是讓鴿子比賽時能免疫突來的聲響。

後來跟美樂蒂分享我是如何炸鴿子，以及鴿子在空中逃竄的景象。引信到底，沖天炮上揚，短而促的聲響就像賭客的金流，當耳朵清楚聽到振動翅膀的頻率加快，二十幾隻鴿子在空中甩過發出啪擦啪擦的聲音，就知道這真的有效，真的能賺錢。

繼續點下一支。鴿子以繞圓的方式反覆出現在眼前，牠們有兩個選擇，要不飛得快，要不飛得高，只要想休息就是朝鴿群後方炸，練習時間也從一小時提高為兩小時。

閔良說，兩小時，不多也不會少，鴿子就是好好待在天上，誰都不准下來。

領先群逐漸被炸出，食量大脾氣躁的二號、十號和十九號總是飛在最前頭，但這三隻離獎金的模樣仍只有個輪廓。

「這樣牠們還會想回家嗎？」美樂蒂問。

我很想反問她，那妳怎麼還不離婚。

彼時群鴿振翅抖擻，遠颺無際空中，如果歸巢是天性，牠們還能去哪？

「有隻鴿子好像妳，之後我會帶牠們去外縣市放飛，一起去。」我說。

離開舒適圈，距離資格賽兩個月時開始飛長途，從三十逐次加到兩百公里，以前太遠的話會統一讓鴿車運送，司機匯集不同鴿舍的選手鴿，在南北海岸或東部進行放飛。

閔良知道我喜歡開車，把運送鴿子的工作交給我，他跟貴叔要留守在鴿舍記錄時間，如果有鴿子受傷或生病，也能第一時間處理。

幾天後貴叔帶了八隻鴿子來，閔良將新鴿分別安置在公鴿旁，並且拉下木閘門避免鴿子接觸。

「調節鴿，都是母的。」閔良在我發問前便回答。「這樣牠們飛長途時速度可以增快。」

「為什麼？」我問。

「跟人一樣，鴿子也要爽啊，旁邊有母鴿，公鴿看得到碰不到，如果是你女朋友在家等你，下班後會不會想早點回去？」閔良解釋。

他說業界讓鴿子提速的方式還有飼料控制法，每次訓練完後都讓鴿子大量進食，用這招簡單又暴力，但如果餵太多又沒掌握好清除飼料的分量，怕鴿子生病或飛不動；也有讓母的選手鴿在比賽前產卵，雌性的育幼本能同樣可驅使母鴿迅速返家，再來就是以性愛作為誘因了。

比較躁的公鴿適合配發一隻調節鴿，至於怎麼判斷，從飛行狀況、與同伴相處、甚至是睡姿和步伐的節奏。

「你真的以為我說記錄是在摸魚哦，錢都在鴿子裡面，怎麼可能不仔細？喂，專業一點，養鴿家 NoNo。」閔良說。

「遮隻粉鳥哪會看起來無啥物精神，甘有咧照顧？」貴叔抓起小冰糖端倪著說道。

閔良對我挑眉，我接過小冰糖，檢查牠的羽毛狀況和口腔唾液，再查看了糞便顏色和濃稠度，還是什麼都看不出來。

「有啊，逐工飼。我毋知影遮隻粉鳥咧想啥。」我說。

「若知影粉鳥咧想啥，我毋著倒佇眠床輕鬆趁。」貴叔訕笑。
「阿叔，到底愛啥款粉鳥才會當贏？」我接著問。
貴叔比了個三。
他問我鴿子的鴿怎麼寫，一個合跟一個鳥，這個合就是要具備三項條件。三合一：最重要的速度是前提，以及耐力，而耐力又可以延伸成穩定性，面對不同的氣流、天候狀況都能良好適應。
比賽最怕下大雨或強風，有一次比賽日期撞到颱風來臨前，協會硬著頭皮載到外海，聽說資格賽就只剩個位數的鴿子，數量太少比賽最後取消。
「最後是啥物？」
「他不會告訴你啦。」閔良插話。「從以前就跟我說三合一三合一的，我還泡咖啡咧，搞不好根本沒有第三項，裝神弄鬼。」
貴叔踹了閔良一腳。彎腰替我們檢查每隻鴿子的狀況，順便問閔良打算下哪幾隻，要連串還是押伯馬高鬭。
只是他仍然沒有講，究竟缺什麼才能做到三合一。

只有在車輛裡，隨著引擎發動，P檔位移到D檔，包覆於冷漠的鋁合金，四扇窗安穩的密合，繫上安全帶，並壓低冷氣的出風口，美樂蒂活了過來。活過來，像齒輪組牽引著輪胎角度，隨方向盤緩慢的改變方向，也是老舊的風扇開啟後，等待扇葉完美輪轉的過程。

當暖機結束，美樂蒂會開始瓦解自身，吐出好多心事，我甚至不確定她是否有意識，因為那只是我第一次跟她在同臺車內。

我想美樂蒂跟我一樣，對車子具有獨特情愫，並且找到部分歸屬。

那時候她正猶豫要買豐田的 Yaris，或是 Nissan 的 Tiida，我羅列出 Tiida 的優點，作為一個業務並不難。

美樂蒂沒有被花俏的話術給動搖，讓她試駕一段路程，我在副駕駛座對她說：「每次開車，都感覺到心安，像另一個家。」

是這句話撬動了美樂蒂的開關。

她突然開始說起婚姻中的缺失，語調穩定，似乎也沒有要理會我的意思。車子開上了高速公路，我沒有阻止她，在流暢變換車道的過程裡，左右方向燈交替使用，好像她人生中的抉擇，下了匝道，車子拐個彎又上相同的交流道。

後來我假借售後滿意度調查，多次在訊息中偷渡私人話題，問她最近還好嗎？但美樂蒂永遠都是含糊帶過。

猜不透美樂蒂對我究竟抱持何種意思，她先生長時間在北部工作，我因此嘗試約美樂蒂幾次，她都婉拒了，但偶爾卻突然詢問要不要開車出去，甚至連目的地都沒有明講。

同樣的，在車內聽美樂蒂傾訴，回憶現實交織，車子是我們兩人的神祕空間。七十公里。帶著貴叔還有我跟閔良的鴿子到苗栗大湖的汶水橋邊，下車後我拎著客製化鴿籠，照著閔良講的，一次放四隻，並讓已經參加過比賽的年長鴿子帶頭，避免年幼的鴿子會迷失方向。

雙手緊握鴿子結實的身軀，手一放，領頭鴿蹬起身，迅速振翅飛翔，到空中後幾乎沒有多餘的盤旋，精準的朝南飛去。時間絕對是金錢，玩賽鴿的都將這句話當成聖旨奉行。

我迅速的將其餘三隻選手鴿放飛，然後打電話給閔良。

「十點二十三分，第一批出發。」

講究精準，要根據距離計算鴿子在何時內返家，才符合資格賽最低時速四十公里的門檻。

第二批、第三批、第四批……下車後，美樂蒂只是倚著紅欄杆，安靜的在旁看我放鴿。

最後一隻鴿子，我抓起小冰糖，然後告訴美樂蒂，就是這隻鴿子跟妳很像。

「哪裡像。」美樂蒂捧起鴿子，與牠的西仔眼對望，撫摸頸部的綠羽處，小冰糖舒服的瞇起雙眼。

「等等要不要去汶水老街逛？」我問。

美樂蒂搖搖頭。

「那南庄呢？桂花巷。」

美樂蒂依舊拒絕。

「白沙屯，那裡的海巒清幽的。」

「想回車上。」她說。

什麼都不要，美樂蒂放開鴿子，小冰糖朝遠方的同伴飛去。這就是她跟小冰糖像的地方，就算訓練過程再艱辛，只要翅膀一飛、上了車子，就是準備回家。

車子是我跟美樂蒂的ＡＢ舍，就算知道如此，她還是有座真正的歸處。

所有鴿子放完了，閔良叫我回鴿舍，下午還要再舍訓。

開國道一號接國四，在靠近清水時轉國三，跟鴿子一起回家，我開在外車道維持最低時速六十公里，聽美樂蒂機械式喃喃自語，五年前去醫院做檢查，血瘀體質，不容易受孕，吃中藥好多年都沒用。

高速的車輛不斷從旁閃過，想到一萬多隻鴿子在海上初從籠內放出畫面，彼此不斷超車，我加快油門，追求速度及穩定性。

偌大的廣告牌上面寫著Dr.情趣，再來右手邊會是柏登莊園的廣告牌，然後頂即將出現往烏日、五權西路、右轉下臺灣大道的綠色指示牌。這些地標我記得一清二楚，就快要到美樂蒂的家了。

準備下匝道時，美樂蒂突然轉頭對我說：「如果你……」

叭——

一陣急促的刺耳聲響，前面的大貨車沒注意到我車子在他的死角處，突然往內切，真的就差那麼一點，可能我們兩人都回不了家。

「運氣不錯。」我吐氣。

回到鴿舍才發現鴿子居然比我快返家。

「都有回來？」我問。

「七十公里遠而已，正常。」閔良說都有達到資格賽的門檻。

「最慢的是哪隻？」

「你的啦，到底有沒有生病啊？」他指著小冰糖。

我一樣那句話，不知道小冰糖在想什麼。

已經有鴿子在籠裡休息，晚放的鴿子們正在喝水吃飼料，他抓起最頑皮的十一號，指著牠的鴿腳。「腳黑黑的，跑去哪裡玩，幹。」

其實鴿子長途飛行時會停頓休息算常態，只是如果腳沾附泥土，代表鴿子跑去田地，怕的是喝到含有農藥的髒水，染病就不用比了。

閔良正在一一檢查鴿子的羽翼，我下樓走到二十公尺外貴叔的鴿舍。

「阿叔。」我喊道。

貴叔應了一聲，他也蹲在地上照顧鴿子。

「粉鳥欲贏的第三項，甘是運氣？」我想到稍早前險象環生的那一幕。

「運氣喔，運氣嘛是蓋重要。」貴叔歪著頭說。「驚是落大雨，抑是風……」

那就不是了。

我離開貴叔的鴿舍，傳訊息給美樂蒂，問她那時候想說什麼。預料內的，她只是已讀。

車行的課長問我最近還好嗎，這幾個月的業績下滑很多，是不是沒熱忱了。我想告訴課長，一隻鴿子就能賣到一百萬，客人也阿莎力，不會討折扣討配備的，誰要賣車。

但沒贏的話，這半年就是一場空。

閔良大概嗅到我的不安，禮拜日他突然開車找我，一上副駕駛座，後面坐著兩個刺半甲、抽著菸的少年仔。

「要做什麼？」

「帶你賺外快啦，上車。」

車子開到花壇的山區，到山腳下超商時閔良先讓少年仔一號下車，接著在半山腰時也讓另一名少年仔下車。

「一個領錢，一個把風。」他說，並繼續往上開。

到了人煙稀少的地方後，閔良從後車廂拿出白色細紋漁網，並指揮我協助他布置陷阱。

「別讓我叔叔知道，否則他連你一起打。」他哼著歌。

「這要幹什麼？」

「賺錢。」

我們靜候了一小段時間，閔良拿著望遠鏡看向遠方，接著突然揮手示意。「鴿子來了。」他說。

我朝他手指方向看去，果然有六隻鴿子在上空飛翔。

隨著越靠近漁網，鴿子飛行弧度拉高，就在經過面前時，閔良朝上丟出一串繩索，上頭綁著十幾個小鈴鐺。

兩隻受到驚嚇的鴿子向下俯衝，撞上細網，越想要掙脫，翅膀還有爪子卻越被纏住。閔良快速的將中網的鴿子一一抓出，然後遞給我。

「腳上的環有電話號碼，打過去，快一點。附近鴿舍的飼主都沒聽過你聲音。」

閔良給我一支呆瓜機跟一張紙條，上頭是十二碼帳戶。

「機掰啊，勒索贖金會不會啦，鴿子想要回去的話，兩隻報五萬。」

我只好照做，電話一接通，壓低聲音，念起兩隻鴿子的腳環編號，五萬塊。

飼主似乎很冷靜，只說帳戶給他，立刻匯。

十分鐘後，超商的少年仔告訴閔良錢已經入帳，閔良手一揮，我立刻把鴿子放開。

那兩個禮拜跑了四個點，總共賺三十萬，閔良給我十五萬，說補貼一下，車行底薪少得可憐。

「這樣好嗎？」我問。

「幹，別人怎麼對我們，就討回去而已，我們還算業餘兼差的。」

閔良說本來山區都會有專業擄鴿集團出沒，並且贖金的金額會隨著接近比賽日期而提高，道理很簡單，一隻鴿子可能能賺幾百幾千萬，區區一兩萬塊算什麼，以前他跟貴叔的鴿子也被別人抓過，對方一定知道貴叔來頭不小，調查好鴿舍位置跟訓練時間，一開口就是十萬，殺價可以，拔一根羽毛。

手上殘留鴿子打算掙脫時的毛絮，突然覺得自己在做什麼，怎麼那麼順從。

「你想美樂蒂一直不離開老公，算不算互補。」我問。

「錯了，不是不離開，是離不開。上次你說撈一票就要閃人，從你抓鴿子的力道，我擔心你說到做不到。」閔良咧嘴笑出來。

「真的撈了一票，你還會跑嗎？」他說。還是變成他和貴叔，等待第二票、第三票，自己迷了路，只能永遠等鴿子回家。

距離資格賽前最後一次放飛，開車將鴿子載到富貴角，離伸港約莫兩百公里，怕鴿子被擄走或出意外，所以選擇最安穩的路線，鴿子只要沿著濱海快速公路就能回家。

早上是貴叔親自餵飼料和營養品，如此長途，他得嚴格控管好飼料的分量，還有凝望每隻鴿子的「魂」。貴叔說，粉鳥若無魂，怎樣攏袂飛。

「你駛車嘛愛注意安全，莫傷雄，是粉鳥趕時間毋是你呢。」他提醒我。

「會啦，粉鳥袂出代誌。」我說。

帶著美樂蒂，這是我跟她待在車上最久的一次，她卻格外反常，到富貴角的路途中，美樂蒂幾乎沒有講話，只顧著專心用手機。

在燈塔旁的堤岸上，方格子草皮與乳白建築，鴿子一批批飛出，我看著平滑的鴿子隊伍翱翔於廣袤灰濛濛的海面上，黑點越發渺小，牠們還知道家在哪嗎？

依然將壓軸的小冰糖遞給美樂蒂，她接過時問我：「你跟這隻鴿子有感情嗎？」

「我不知道這隻鴿子在想什麼。」我說。

美樂蒂鬆開了手，我們看著小冰糖加快速度，最後沒入海平線的盡頭。

「全放完了。」我告訴閔良。

當我心想著是否要直接回去時，美樂蒂拍了拍我的肩膀。

「他說今天會回家，四十分鐘前，從臺北內湖。」美樂蒂說。

我呆住了五秒鐘，然後拉著美樂蒂上車，陪鴿子一起跟時間賽跑。

進資格賽的時速至少要四十公里，而我至少要一百公里。

車子在國道一號上馳騁，路燈桿、安全島上的植披、左右的車輛，全都化成殘影般淡出視線，當油門踩越重，時間的流逝彷彿凍結，密閉的車體內只聽得到美樂蒂的聲音。

我只能專心留意車況，美樂蒂妳知道嗎？現在那些看起來距離遙遠的東西，其實一下子就會閃爍到眼前，可是我反而沒辦法仔細凝視。像妳現在突然笑著問我對妳是什麼感覺，我回答不出來，還是妳早就算計好，這也是屬於自言自語的一場秀，連同妳指尖觸碰我大腿都是齣單人舞。

如果我是隻賽鴿，絕對拔得頭籌，但又是為了什麼，家明明也是合一的概念，地點是有我跟妳的車子裡，我卻以速度、穩定性來拆解破壞。

回過神來已在臺中，放慢速度，尋找熟悉的廣告牌和建築物，深怕自己開過頭。

「你喜歡我嗎？」離美樂蒂的家只剩一個轉角時，她突然說。

雨刷浮升，美樂蒂笑出來，我趕緊按掉，重新打了正確的方向燈。

我點點頭。

當車子終於停在她家外，美樂蒂解下安全帶，將唇湊過來親了我臉頰。

「那你為什麼要開這麼快？」她說。

哨音交錯響起，鴿子從富貴角回來了。

清掃完鴿舍，我將水和飼料都準備好，到屋頂跟閔良一起迎接鴿子。五號、十二號、十九號……看到率先飛回來的鴿子並不是前幾梯次的，而是那些性情急躁的公鴿，我便離開屋頂，爬上貴叔的鴿舍，站在同樣位置。

「阿叔。」我大喊，貴叔回頭看。

「創啥？」

「第三樣，甘是感情？粉鳥愛佮主人有感情。」

「你叫是粉鳥親像狗仔喔？有啦，毋過是先飛轉來，才有感情。」

「喂！」閔良在頂樓呼喊。「我要去看鴿子了，剩你那隻，自己來等。」

半小時後，小冰糖才飛回來，依然不進鴿舍，在屋簷上梳理羽毛。我把閔良叫出來，指著小冰糖的腳。

「腳黑黑，不曉得去哪裡野喔。」他說。

「上次你說公鴿為什麼能飛比較快？」

閔良抓抓頭皮。「啊就趕著回來打炮啊。」他用大拇指比鴿舍裡面。

「幹你娘。」

我迅速彎腰抓起小冰糖，助跑幾步後用力朝空中一丟。

將一隻鴿子丟到空中是什麼結果呢？小冰糖只花了零點幾秒便穩固住身軀，又飛回我腳邊。

「幹你娘咧。」我嘶吼，抓起小冰糖，再丟。

「媽的你有病是不是啦！」閔良愣住，看著我荒謬的舉動。

我將小冰糖丟出去三次四次五次……牠也不躲，就只是反覆飛回。

「不進鴿舍也沒必要這麼大脾氣吧。」閔良雙手插腰。

不敢問美樂蒂那天的後續。

但我就只是想要她飛得遠遠的。

比賽前三天，將選手鴿載到協會報到，由那裡的人統一餵食，防止飼主餵鴿子禁藥。

貴叔報了十五羽，菁英中的菁英，我跟閔良則報了二十羽，走以量取勝的路線，當天進到北彰和美海翔協會，擁擠的人潮挾帶濃厚鴿味，每個人提著藍色鴿籠，幾張臉孔看到貴叔後立刻前來寒暄。

「欸欸，你看那邊，你唯一認識的熟人。」閔良對我挑眉，指著某個鴿舍的主人。

「我又不認識他。」

「白癡，匯給我們錢的金主爸爸耶。」閔良低聲細語。我仔細一看，還真的是上次在花壇擄到的鴿子。

協會人員拿著掃描圖，為防止一鴿多賽，檢查選手鴿的翅膀印章是否跟當初雷同。接著取下腳環，裝上能與鴿舍感應器起作用的電子腳環，報名費五百，腳環費兩千五，二十隻鴿子也才六萬，之後才是重頭戲，貴叔跟閔良拿起白單，圈選額外下注的賭法。

「你也選一隻，要賭就賭伯馬鴿，買個希望。」閔良對我說。

我指著三號，小冰糖，伯馬高關，意思是在最後第五關時如果只有小冰糖飛回來，就能海削一票。

「浪費錢。」閔良吐嘈，但還是幫我下注。

離開協會，貴叔說要去廟裡拜拜，我們跟著他的車，半路上手機突然響起。

「喂？」

過了幾秒後，低沉的嗓聲才傳來。

「我知道是你。」

「……」我沉默。

病。

「離她遠一點。」

電話掛掉了。閔良詢問，我說擄鴿集團的啦，但沒有討贖金，閔良罵我神經病。

「這幾天別吃雞翅鴨翅啊，不吉利。」

「什麼爛迷信。」

那三天我跟閔良心神不寧，喝酒抽菸，有一搭沒一搭的聊，心裡想著都是鴿子，怕鴿子到陌生的環境裡食慾會降低，或是擔心協會的人水餵太多太少。

「其實很多鴿子一放出來，體內的GPS失效，海風又強，飛沒多久就掉到海裡面了。但更慘的是，有些鴿子即使閘門放開，莫名其妙就躲在裡面不出來，我阿叔說的啦，無魂，連比都不用比。」

「所以能飛回來的第三項到底是什麼？」

閔良聳肩，他說真的不知道。

放飛那天早上，我們三個人看協會的直播，主辦方公關了幾句，接著開始講最重要的資訊。

「放鴿地天氣多雲晴。風向西南風。風力三級。風浪小浪。能見度十五公里。

空氣溫度二十八度。海水溫度三十度。放鴿時間七點整。」

接著鏡頭環繞四周。

倒數十秒時，畫面上工作人員隨時準備拉開閘門。

「四、三、二、一。放鳥喔！」

貴叔和閔良同時按下碼表。

貨船響起鳴笛聲，一萬四千隻鴿子瞬間從籠中竄出，我看到海上颳起了骯髒的雪，像燒金紙，風吹灰燼布滿空中，在白雲和晨光底下徹底染黑視線，那麼汙濁，那麼殘忍。

鴿群很快分成幾條隊伍，朝各自的家飛去。

打給美樂蒂，無論如何都要再見妳一次，等到資格賽結束，去找妳，就在妳家外面，妳開妳的車出來就好。

我們急也沒用。下午兩點四十分前，提早不會賺，超過就是失格。

隨著時間推進，貴叔開始接到不同鴿友的電話，通知鴿子最後行經位置，讓飼主心裡有個底。

一點五十，貴叔朝我們兩人大喊。「轉來啊！轉來啊！阿良趕緊。」

哨音劃破靜謐的伸港，鴿子落地，快速通過閘門，我負責取下腳環打進鴿鐘，接著必須在十五分鐘內送到報到處。

鴿子陸續返家，我則來回奔波多趟。

碼表響起，時間到。貴叔的鴿子共飛回九羽，我們只有七羽。

資格賽就被刷掉六羽，貴叔有些憤怒，後來又有三隻鴿子飛回來，一隻是貴叔的，兩隻是我們的。

我看到貴叔抓起失格的鴿子，將翅膀俐落一折一拔。

「無想欲佇天頂飛，著好好去土跤跕。」

貴叔將鴿子往田裡隨手一拋，鴿子飛不太起來，失魂於地面，沒多久就被一隻野貓跳出來攫走。

「鴿鴿拔拔真偉大。他一定有下注那隻。」閔良說。「要不要也折斷？就不會像上次那樣一直飛回來了。」閔良指著六號跟二十號。

我說好啊，不當養鴿家。

抓起兩隻鴿子，有樣學樣，也將鴿子的翅膀一折，感受到樹枝般細骨清脆的一分為二。

「幹咧……找你養鴿子真的沒錯。」閔良說。「你的鴿子沒回來，要繼續等嗎？」

閔良說的是小冰糖。

「搞不好迷路了，找不到家。」我淡淡的回應。

我想第三項應該是犧牲，別隻鴿子的犧牲。

看到美樂蒂的車就停在路上，我將車子緩緩開過去與她平行。

美樂蒂沒下車，也沒有打開車窗。

兩臺車，兩個人，心安，像終於能溝通，鎖在密閉車窗也能聽到對方聲音，合一。

我凝望美樂蒂，隔著兩道透明玻璃，她的臉孔模糊，不解的看著我，並動著嘴唇。

搞不好迷路了。

「妳現在，回家了嗎？」我說。

而獨角獸
倒立在歧路

最直觀的普遍定義：能從眼眶姦出淚的叫悲劇，從嘴角榨出笑的叫喜劇，姦跟榨／煎跟炸的差異在於油的多寡，故事一旦太油是不能稱悲的。

事實上定義因人而異，且可以再細分拆解，例如亞洲人裡有日本人跟臺灣人，臺灣人又能戰南北，我都跟別人說我住在馬城，這就有盲點了，因為我不能叫馬城人，馬城裡面應該都要是馬才對。

馬城。我這輩子跟馬擺脫不了關聯。事實上我就長著一張典型的馬臉，母生父傳，臉像拉坏時從球體搓成燈泡模樣（可想而知我下巴有多長），做壞了。我國小三年級初次愛上的女生也姓馬，大家都叫她小荳，小荳總綁著一頭雙馬尾辮子，讓我臆測會喜歡她是基因作祟。小荳的辮子一天下來左右兩邊平均會被男生拉四點四次，加起來共八點八，小數點是因為有些男生正要拉時就被小荳發現，導致施力過程無法安然抵達終點。

我在情人節那天用攢下來的零用錢買了一盒八顆裝的金莎，拉了一下她的馬尾，她瞪眼睛說幹麼。「幹麼幹馬，大馬生小馬。」我以當時風靡的俏皮話回應她，可惜我年紀還小，不然這俏皮話長大再翻譯後脫口應該就是「我好想幹妳」的意思，屬於我的情竇初開。

小荳可能不喜歡馬，第二節下課就把未拆封的巧克力連同吃完的蛋餅扔到垃圾桶，還告訴風紀股長要記我名字。八顆裝的金莎送給八點八次的馬尾，8888888，不就是雅虎即時通上用來說再見的意思嗎？再見小荳，再見了我的Pony。

故事很輕浮但飛不起來，大抵可以拆成朝馬前跟朝馬後，或是找馬前及找馬後，我常被兩組讀音搞混，蘇蘇每次從坐客運下來找我，剛補完眠，聲音皺如橘皮組織，很像秀芳（我第一個媽媽）被我爸揍時口齒不清那樣。「來接我，我在找馬。」「夏綠地公園嗎？我也要去。」弄錯了，是朝馬。我搞不清楚發音就跟火柴不懂為什麼蘇蘇不接她家事業一樣，火柴私底下說蘇蘇就是個五百塊，明明家裡很有錢，卻又覺得要靠自己闖出一片天，事實上拍照打卡的名牌包或高級餐廳都還是老爸老媽一手包辦，五百塊等於半千金。

火柴又說女人的身價是破膜打對折，我真憤怒，因為我認同這句話，現在蘇蘇只能叫二百五，好難聽，而且還不是我替她打折的。

火柴跟蘇蘇家裡都挺富裕的，田中他爸雖然把母子倆丟在臺灣，但每個月匯來的錢從不短缺。為什麼要突然講到彼此的家境呢，因為階級很重要，跟鬥獸棋一樣，人的身上如果沒有貼一些顯見的標籤，是沒辦法拿捏鄙視或尊敬的分寸的，我可以吃誰呢？要喀吱喀吱連骨頭都嚼碎，不過現實中老鼠永遠不可能吃大象就是了。

那天是我牲日，火柴找了田中跟浪漫波莉替我慶生，馬城就是在音樂吧裡唱起來的，不需要扛磚頭跟水泥打底，很隨興，火柴當初也是這樣介紹波莉的，不得了她會寫詩，真他媽浪漫。

蘇蘇覺得我跟火柴都沒資格過生日，因為心智年齡是停滯不前的，蠟燭要把二拿掉只留個六才對——她沒看過田中發瘋的樣子，在淩晨兩點小混混跟拾荒者跟蟑螂肆虐的甜蜜巷弄內，抱著火柴唱日語童謠桃太郎摸摸他樓上。即便如此蘇蘇仍幫我打扮那晚的穿著，她認為另一半的形象很重要，想將我塑成一座理想的雕像，卻忘了雕像不會動。

闃靜灰的上衣外蓋了一條米白披肩，這是馬鞍；將短襪淘汰換成一雙長至小腿處的黑襪，這是蹄子上的綁腿。我越來越像匹馬了。

慶生只是讓所有人得以藉酒亂講話的幌子，現代人都需要這種場域，可以毫無顧忌地鹽酸他人窒息彼此，美其名談心，實際上就是個三溫暖中的忍耐大賽烤啊烤。火柴要我一整晚都戴上那頂派對圓錐帽，我的模樣越愚蠢他就越開心，他開心今晚就會買單，用錢跟話語消費別人精準到位。像站在司令臺上頒獎一樣，我恭敬地低下頭讓火柴替我戴上那頂帽子，禮成後沒有奏樂，舉凡樂器如喇叭都是女人在吹的啦。我愛死這些垃圾話，就跟浪漫波莉愛死火柴這個垃圾人一樣。

摸著帽緣勾勒住下巴的那條線，有了韁繩我演起馬栩栩如生。

我戴著可笑的派對帽接著講了什麼，是一則偶然看到的文章，說是臺中有人在七期附近養了幾匹馬，還帶去公園散步吃草。七期是朝馬附近一塊豪宅區，當時看到這新聞只覺得哭枵有錢人在想什麼都不知道，現在我可以問火柴的想法。

火柴粗鲁拍了下吧檯。「馬城，這裡活生生就是個馬城，路上隨便都看得到馬，住在朝馬操你媽。」他鼻子噴氣，滿臉漲紅亂語定出結論，田中在旁咯咯傻笑，跟著附和說沒錯，畢竟臺中有全臺灣有名的馬場，難怪馬路上一堆寶馬。這些人一喝酒邏輯反倒清晰，吐出來的辯詞還不忘佐證。我突然想到田中說過他日本老家就在群馬，便問他那裡路上也有馬嗎？

「馬沒有，Gunmaken 的溫泉倒是很多，你喝醉了。」

「群馬沒有馬怎麼可以呢，這是詐～欺～唷，騙子騙子騙子，日本人真愛說謊。」浪漫波莉整個人倒向火柴，手指不斷戳著火柴的腹肉好像在玩洞洞樂，搞不清楚她的洞洞才是火柴的樂。她根本沒醉，就只是想講一些頗具暗示性的話語——我們全都懷疑田中是 Gay，但田中不承認又能怎麼辦。

「可是我從小就住在這，臺中都比 Gunmaken 還熟，臺灣人，I am a Taiwanese。」田中指著自己一字一句條理澄清。

哈哈哈哈哈這下連我跟蘇蘇都忍不住笑出來，誰管田中這一生回不到家鄉十次，精液的原產地在那，他就只能是日本人。我覺得田中很奇怪，我們給他機會當 Gay 他偏不承認，死命抗拒自己的存在。

「別理日本人了，我們去跳舞。」浪漫波莉拉著火柴到木頭音響旁開始搖擺身軀，蘇蘇不好意思把田中乾晾在那，田中笑著說：「大丈夫大丈夫，我幫你們保管錢包。」他一喝酒講話就會摻雜簡單的日文。

後來我跟蘇蘇躲在角落喇舌，火柴更是彎下身將整顆腦袋塞進浪漫波莉的胸前，共通點是濕濕潤潤軟軟然後硬硬，臺式不要臉的愛情哪是薄臉皮的日本人能做到？昏暗裡慾望穿過田中的眼眸勾起你魂牽夢縈又穿心迴旋，好足夠，所以田中到底是什麼呢？他說大丈夫，不，也不是，大丈夫要有濃密蜷曲的體毛來武裝自己，田中的毛稀疏得像２Ｄ投影，他只能是我跟火柴的小老婆，鎖在馬城裡的荒誕中密不透風見不得光。

恍惚中我的派對圓錐帽離奇消失，我甚至隔天還隻身前來尋找，帽子對我來說很重要，人皮外搭馬的靈魂堪稱無憂。店員說沒看見，可能被別人撿走了，但昨晚火柴還是有買單，他很愉快，因為浪漫波莉在廁所替他的腫脹孵出煙火。

浪漫波莉是那種提倡著性自主的女生，就是她有一堆打炮的對象，豢養很多隻屌，這些屌彼此會再引薦不同的屌入住波莉國，締造同性繁殖的神話。浪漫波莉說這些都是她的創作靈感來源。我在火柴身邊目睹不少這種女人，她們的風采是可推論的，腦袋留不住養分，流淌成大片豐乳肥臀，不過浪漫波莉提出合理化濫交的理由倒是最有模有樣。

說到這裡不覺得少了些什麼嗎？慶生必要的儀式：許願。

在馬城，我跟田中還有火柴從不向蛋糕低頭，我們只信奉阿十。

我很精通踢別人的屁股，這是有技術的，如果像我爸對秀芳那樣的踢法就不行，無論秀芳的位移距離多大，都只算單純的家暴，而且弄個不好被踢的人就要鬼哭狼嚎，下一秒衝進廚房拿菜刀亂揮，菜刀上還掛著蒜頭皮跟海鮮的腥味，又沒洗乾淨，我都覺得要是真砍下去，死因不會是失血過多，是複雜細菌交互感染促成秀芳病毒001號，好一個創新突破。

秀芳在我小時候講過一個故事：有一天，一頭獨角獸來到了草原上，獨角獸看到好多匹馬在草原上馳騁奔跑或嬉鬧玩耍，獨角獸覺得這些生物跟牠好像，但又有些不同，那些馬身上的顏色多半是土色或黑色，不像獨角獸般潔白，也沒有翅膀，而最明顯的差異則在於牠們的頭頂空泛。

這頭獨角獸試圖混進去馬群中，嘗試跟牠們交朋友，但所有馬都聽不懂獨角獸說的話。

然而經過一晚，隔天獨角獸現身時儼然變得跟馬一樣，翅膀、角都不見了，身上的白也化作烏濁，獨角獸就這樣跟馬群變成了好朋友。

故事自我了斷，有夠偷懶，秀芳只是為了節省時間編造出一個簡短版的床邊文類給我聽，床邊文類的精髓在於日後才能意識到的不可信，在床上聽到的童話跟情話差不多。

「你是媽咪最寶貝的獨角獸。」秀芳雖然這樣對我說，但下一秒我問她那我會不會沒朋友，她就不耐煩地要我安靜閉眼睛，不然就要吃助眠軟糖，甜甜吃了憨憨仔睡，沒朋友跟吃橘色軟糖我都好怕。

我把這故事分別告訴蘇蘇、火柴、田中、浪漫波莉。除了火柴外，其他人都只在乎秀芳離婚後過得好不好。我哪知道，我發現只要會講兩句話搭配聳肩就能縹緲自在當個討人厭的歡樂混球。就兩句——「我沒差啊」「那也不干我的事」，這不是消極的表現，反而能支撐「我」的主體性之重要，隨波逐流的終站就是被捲至黑壓壓的暗湧內，讓礁石磨出你雙瞳無垠窟窿。

蘇蘇尤其在意秀芳，她可能覺得之後有機會嫁進來當媳婦，想打點好我的家務事。「你媽之後搬到臺南有再嫁嗎？」「我哪知道，那也不干我的事。」

「太狠心了吧，你是她小孩耶。」「我沒差啊。」狠心就狠心吧，馬城的心軟供過於求，男人還是要硬起來，比較單細胞，比較好用。

我真的沒差，我只是沒跟蘇蘇講秀芳還偷過我的紅包，或是假借要帶我去買布丁，機車發動拐個路口就在路邊解決她的菸癮。

我也不怪秀芳或我爸，只認清我根本不是什麼寶貝獨角獸，從來就只是一匹馬投胎而已。喏，不管你們怎麼想，我還是選擇相信獨角獸的存在，牠用高超的偽裝技術混入馬堆中，重點就在於那個晚上獨角獸到底做了些什麼？得以迷走馬群，這讓我決定去找那匹在七期附近的馬，也許牠就是隱藏在馬城中的獨角獸。

田中說找馬沒問題，火柴去他就去，但火柴是不會相信獨角獸這種東西的——主要跟鼻子有關。

火柴平時在馬城都戴著黑棉布口罩，因為馬城的空氣被工業區還有火力發電廠給醃得一團糟，初次看到他清楚的臉孔是在嗑湯包時，哦，那真的是張井然有序的設計圖，比例合宜，了不起的基因。我跟所有人一樣，都注意到臉孔上置中的鼻子，既沒有黑頭粉刺，鼻翼的厚度與整體曲線像穩定行駛中的高鐵，並且挺拔，無背離亞洲人而浮誇到歐美的鷹勾鼻那樣，總之是個不可思議的鼻子，說有著黃金比例也不為過。

擁有這樣的鼻子，難怪火柴不用相信獨角獸，只服從活生生的雄性本能。很多女人把內褲胸罩都梭哈了，以為這樣可以抓住他，殊不知依舊只能當備胎中的備胎的備胎，蹉蹉蹉蹉重新上路後還是被壓在地上騎的命。

我覺得火柴應該要相信獨角獸，因為他的完美鼻子插在臉上，某方面來說就像獨角獸的角那樣耀眼顯目，並且我讀過獨角獸的軼聞：性情粗暴，但非常喜歡女人，這就是他了。

火柴不屑找獨角獸，這種時候就需要踢屁股了，就像我所說的，踢屁股講究技術，我是一匹馬自然駕馭得很快。腳尖不能踢到左右兩片肥厚臀肉，那樣沒感覺，而是要沿著股溝與肛門的四分之三縫線處，連踢帶勾接拂，一次不行就兩次，踢屁股是門學問，要踢出對方的反抗精神才是王道，踢到火柴高懸的階級搖晃欲墜就成功了，以下犯上還不會被殺頭。

後來我們啟程找馬，下午四點多到七期附近的夏綠地公園，三個人坐在長椅上等一段緣分。

「馬的，這裡不會有馬的，你的腦袋進水都不會有馬的……馬的。」火柴碎念，我們已經在公園一個多小時。

「確定是這個公園嗎？還是在秋紅谷那邊。」田中搔著頭皮問我。我很篤定就在這，但不確定那匹馬什麼時候會出來放風。

「你們不覺得那東西很美嗎？」火柴比向公園對街的歌劇院。田中看了一眼後說：「我進去過喔，裡面的裝潢也很華麗。」火柴噗哧笑出來，說：「你他媽的根本就沒進去過，因為你是 Gay，選項只有肛人或被肛，我跟他才進去過。」

火柴手肘搭著我的肩膀，把口罩拉低，他要講歪理時都會把口罩拉一半，然後說：「我是指……它就像個完美女人的身體一樣，兩顆奶子朝外招手等著摸，腰身細，屁股大，完美啵棒。」

火柴邊說邊伸出手對著歌劇院做掐揉的猥褻動作——歌劇院的外觀在我看來比較像造型怪異的狗骨頭或者是設計不良的啞鈴，但火柴就是那種人，如果我跟他說當初我逃離家裡，以大包小包的狼狽狀態來到馬城，他只會下意識聯想到女人風情萬種的雜燴陰部構造，大鮑小鮑的。

田中沒有要跟火柴爭論的意思，只是逕自將頭轉向另一邊，說：「這附近的建築物造型都蠻特別的，那棟像修長的食指。」

「像我的懶叫長度啦。」我笑了出來。

「那棟像一艘帆船的帆，旁邊幾棟連在一起像個山字。」

火柴順著田中的視線方向看過去。「有道理，帆船爬不過山，山裡面隨便一戶房子都兩千萬跑不掉。」

沒有馬，我們便開始觀察附近的大樓，無論是正統的矩形還是尖拔的直角三角形，又或者是缺角的不規則形，住在七期附近的人都是難以撼動的階級，馬城充斥著幾何圖形，我突然覺得就連我們三人都像長方形，四個角分別代表雙腳雙手，頭呢？沒有，零，對自身感到迷惘卻驚懼改變的人是不配擁有頭的，我們是長方形老男孩，火柴不認同，他說他的生活有女人就多采多姿。「你的核心是下面的小頭，上面大頭還是空空的，你也是長方形。」我說。長方形是我的榜樣，生命力卓越，擺在哪都不會突兀，隨便黏貼在其他幾何圖形上也能找到一處得以鑲嵌安身之所。

火柴認為要去找阿十許個願，才有機會找到馬。我突然想起阿十應該是馬城裡名義上最貼近獨角獸的物種，因為他的右腳從膝蓋以下都斷了，據說是年輕時做工，操作機具不慎而被捲入，就這樣嘎啦嘎啦的跟小腿道別，但也有一說是被聯結車輾過去，搖身成為行動裝置藝術的模樣，無論如何，阿十確確實實是隻獨腳獸。

阿十定居在馬城中的一條地下道內，看起來六十幾歲，頭髮勾芡黏稠，鬍鬚恣意叢生，體味像冰了幾晚的廉價臭臭鍋，生命只有夏秋冬，等不到回春的那天。

火柴說他是NPC，電玩中只會重複固定臺詞的角色，阿十分配到的對話很簡單，四個字，給我十元，他對每個行經地下道的玩家都這樣說。只是我有次在阿十身上發現了新功用，我投下一枚十元銅板，落到他紙箱前那只虛妄的關東煮碗，錢是有去無回的，既然這樣乾脆像許願池一樣，我那時說希望我爸不得好死，過沒幾天我爸還真的被秀芳用菜刀在手臂上殺出一條血路。

這可能是個巧合，卻養成我們對阿十許願的新傳統，比鎮瀾宮的媽祖還玄，火柴的願望也曾靈驗過，跟女人還有女人有關，至於田中則死不告訴我們他許了什麼願。

從夏綠地公園流轉地下道，沒入氣味悶黏的幽徑，阿十依舊盤在地板上向周遭蔓延求生希望，可憐可悲可恥具現化後收入自然多，簡直稱職。

「給我十元。」看到我們三人接近，ＮＰＣ雙手合十垂頭搖尾風生水乞。

我率先丟出十元，嘴裡唸著：「希望下次可以找到那匹馬。」

火柴甩了張百元大鈔到碗裡，阿十的眼睛被罕見的紅給撐開，只差額頭沒有親吻地板。「你會倒立嗎？倒立是用手不是腳吧，會的話我再給你五百，像這樣，嘿。」火柴俐落撐起身軀，前進後退轉了幾圈，我跟田中都盯著火柴袒露的半身，我想這人有病，不知道田中又是怎麼想。

無法劃分火柴跟阿十誰才是怪種，但阿十突然咕噥起一串話，不是國語也不是臺語，像外太空傳來收訊混雜的訊號，介質又是馬城的髒空氣，講半天始終沒有要起身倒立的意思，火柴自討沒趣便停止動作，最後才換田中靦腆地走到阿十面前。

「給我十元。」這時候阿十才又喘出熟稔的臺詞。田中蹲下身，貓爪似地將銅板輕勾碗內，念了一小段日文。

我想到獨角獸倒立會是什麼畫面呢，可能的情況有三，第一種是獨角獸的角陷進去，第二是角尖抵住地面，最後一種是整支角斷了。這其中還得牽涉到材質，是水泥地？鬆軟的土壤？牠成功倒立後，兩隻前腳是否能搆著地面，否則瞬間就會摔個馬吃屎。

我不曉得火柴和田中是不是跟我一樣，雖然阿十講的不是熟悉的語言，可千真萬確，我發誓——我居然聽得懂他在說什麼。

找馬後過一個月，田中突然告訴我浪漫波莉懷孕了。這很正常不過，據我所知火柴是不屑戴套的，他都拿錢讓女人買事後藥吃，說是一種信任對方的表現，信任什麼？當然是對方沒性病啊蠢材。

田中是怎麼得知這件事的，我想來想去只有一個答案，因為浪漫波莉是火柴那時候的伴侶。

後來火柴跟我轉述，浪漫波莉把雙線驗孕棒塞在內褲裡，火柴褪去的瞬間就軟了，大成功，像宣告她終於淩駕在火柴之上。「我當然沒有質疑是不是我幹的——我心裡這麼想，但我沒講，這就叫信任。你知道她本來就是鑽石級別的破，我也沒計較，因為我捨不得綁住她。」

「我就告訴她，沒關係，墮胎費我出，之後保證都戴套。都已經給這種承諾了，結果她居然當場飆淚。」

真是屌軟心硬，但我只聽火柴發牢騷，什麼意見都不打算給，連蘇蘇叫我勸告火柴的內容也隻字未提，畢竟那不干我的事，維持友誼的訣竅是當個見底的垃圾桶，然後隨時準備被塞滿。

我這麼認為，可麻煩這玩意就是一朝踩一夕蹂躪你，我希望每個人都能像顆馬鈴薯，乾擺在那就能自己發芽，但我忘了發芽之時也宣告走味，產生大量的茄鹼，毒死自己。所以當某天浪漫波莉找上門來，我也只能說聲請進、那是蘇蘇的拖鞋但妳可以穿、椅子給妳坐吧我躺床上。

浪漫波莉撒出大把不著邊際的話，例如她知道別人覺得她很淫亂，這點我必須給予嘉許因為賓果賓果，但她是真的愛火柴，能奉獻自己包容悉數的那種愛，聽起來真要命。

浪漫波莉說她徬徨又不想見火柴，但找我又像從地獄的東邊移駕到地獄的西邊而已。

主體未變，我還是可以提供相異的風景給她。我說那就寫點詩吧，靈感源自生命，她將不鏽鋼水壺扔過來。

「你跟火柴很要好沒錯吧？」浪漫波莉問我。

我聽到這句話，血液從左心室到右心房的體循環瞬間堵塞，對她說：「少情緒勒索我，這招不管用，他媽的誰都不要再來勒索我，要就生，火柴家裡很有錢養得起，不然就拿掉，但記得多討點醫療費。」

我會這麼火大是有原因的，你沒有遇過那種狀況，就是爸媽半夜把你從睡夢中拽醒，問想要跟誰走，選一個，現在就選，沒人會質疑你的決定。才怪，這是薛丁格的陷阱，我跟誰都不會好過，他們把彼此拆開，一分為二，然後將我重組，那時我只想將兩人都轟出我的房間，所以說階級很重要，因為我現在終於可以對波莉這麼做。

書上對獨角獸的描述除了喜愛女人外，其實還有幾條註釋：獨角獸若遇上心地不純良的女人，則會把她殺了，而火柴始終如其名，細微的摩擦就能迸出火焰，熄得也快。

將她轟出去沒幾天後，浪漫波莉就在馬城變成了一尊驚嘆號。

發現小嬰兒的手腳無力抓不住火柴，浪漫波莉挑了個夜晚從十二樓跳下去，我們收到消息抵達現場時，只能從暈開的血跡假定她這一生多燦爛。

站在事故現場，我跟田中有點不知所措，火柴若有所思，再度將口罩拉下來說：「變驚嘆號了。」

田中不懂，火柴就在手心畫了一個「！」

跳樓的過程就像驚嘆號，頭下腳上。其實蠻幽默的，我順口補了句這下真的是腦殘了。

我們一致認為幸好浪漫波莉是變成驚嘆號而不是問號。

？。像不像肚子微凸的跳樓的人。後來我們在群組裡談論這事，田中說波莉叫他不要告訴火柴其實小孩已經打掉了，希望火柴能自發關心她。

我覺得就算波莉沒告誡田中，他也不會轉告火柴。

我們買了幾手啤酒到田中家，因為田中想起波莉有留給他一張紙條，說等三人聚在一起後才能看。

「不知道裡面寫什麼。」田中緊張捏著那張從18K筆記本撕下的一頁。

「詩嗎？一首淒美的別離詩。」我開玩笑的說。

「如果真的是詩怎麼辦，我看不懂。」「我也是。」接著四隻眼睛都飄向我，我幹你娘又不是翻譯蒟蒻或波莉的走狗。

火柴奪過那張紙，嚷著早死早超生。

我猜可能是感性的話語連發——事實證明我果然不懂浪漫的人在想什麼。演一場欲哭無淚，火柴逐字朗誦上頭的內容：「你是人渣敗類畜生雜種賤貨孽子屎尿垃圾。」

我搶過那張紙，火柴沒唬爛，上頭真的就只有這一句話，我覺得好嘔，為什麼浪漫波莉不乾脆點就寫「你們」而偏偏只用「你」，三分之一嗎？也太便宜另外兩人。

「怎麼辦？」田中問。

我說不如在底下的空白處寫首詩，用打火機燒掉回敬給波莉，三句就好，再多就想不出來了，詩要隱喻，浪漫波莉血跡斑斑的樣子像破掉的西瓜，然後呢，死者需要一點安寧跟鼓勵吧，啊！火柴說過波莉那裡的水很多。

「翠綠的西瓜落在水泥地上，金黃陽光帶走了它的多汁年華，風卻攜起種子去尋覓新生。」

搞定，但不怎麼像詩，我知道了，詩講究文字的拆解跟重組，拆舊合新不就是蒼蠅似地無間縈繞在我跟馬城的頭上嗎？

「落在水泥地的翠綠，上多汁年華的西瓜，金黃陽光帶走新生，它卻攜起種子去尋覓，風了。」

寫完詩有種道家三生萬物的優越感，我們喝起略發苦的啤酒，突然就誰也不說話。

法國有句諺語，意思是當場面突然從喧鬧轉為靜謐，是天使經過的瞬間。

我想這是錯的，沉默是由於撒旦降臨，人們害怕得說不出話來。波莉的死來得突然，但我說真的，誰在乎一個符號！

當初三人建起馬城，只要我們聚在同地，到哪其實都是馬城，龜縮於屏蔽中就覺得溫馨，馬城有稀釋苦與痛的魔力，沒那麼濃了就能豪邁粗飲，從波莉的血稀釋成酒，再從酒稀釋成尿，嘩啦嘩啦沖進馬桶什麼都沒了。

喝到最後田中叫我們乾脆今晚住這，火柴拗不過田中苦苦哀求，只聲明他是不睡地板的，那就我自願吧。

關了燈，火柴滔滔傾訴起和波莉的過往，怎麼認識的、個性如何、討厭火柴哪些壞習慣，甚至開始講起他們的性生活。

「吵死了，我要睡覺。」田中翻了個身子說道，但火柴不鳥他，反而直接在他耳邊溫柔呢喃，從一天最多做幾次到擅長體位，再講起兩人的性癖。

隔天早上我是最晚醒來的，火柴坐在床上對我說早安，指著田中說昨晚這傢伙幫我打手槍，然後把棉被一掀，真的有塊漬印在那。

田中一臉驚恐，說火柴撒謊。

「你那時看起來已經快睡著了，咕噥著要我閉嘴，我開玩笑說那你替我打手槍吧，我這樣才好睡。就抓著你的手，你居然沒有抽開。」火柴撥弄了下他的頭髮，瀟灑地接著說：「雖然我愛女人，但不挑手。」

田中露出迷惑的神情，欲言又止，最後放棄爭辯而躺了下來，我看到火柴對我擠眉弄眼，用唇語對我說：「白癡」。

白癡，田中完全沒意會到那塊漬的濕潤程度根本對不上時間軸。火柴一定是認床睡不好，早早醒來惡作劇。

我不想理這兩人了。瞇著眼走到陽臺朝外看，馬城好像起霧，但也有人說那是空汙霾害，街道上垃圾車的音樂融著救護車的鳴笛聲，是救護車載著垃圾去太平間丟嗎？那棟建築物是長方形還是梯形？什麼都分不清楚了，獨角獸跟馬到底差在哪？

蘇蘇怎麼沒死呢？這點我很驚訝，合理的解釋是蘇蘇雖然心地不純良，卻沒有要抓住獨角獸的念頭，你一定覺得很荒唐，但事實是那天半夜我突然接到電話，急著去朝馬接蘇蘇，她站在客運外，沒帶半件行李，問發生什麼事只低頭不語。

這不算大問題，女人偶爾都希望你能通靈，當我決定先帶蘇蘇回住處時，卻看到阿十一個人拄著拐杖，右腳的髒褲管拖著地面磨擦，踽踽獨行在機車道裡。馬城好像除了我之外沒人能看到阿十，機汽車不斷從阿十的旁邊呼嘯駛過，卻沒有刺耳喇叭聲傳出，也無人上前關心。

我得看阿十到底要走去哪，於是先替蘇蘇叫了臺計程車，結果演變成她也跑去跟火柴上床了，就這樣。

你問我動機否則很難接受，故事會流於草率倉促。那我也說我根本不在意動機，這句話甚至不該出現，它有悖論，因為動機與在意是不可切割的，如果太強調我不在意動機，就好像我一直說自己是馬，但內心卻渴望找到自己其實是獨角獸的證明。

如果硬要誕生一團動機，我想是跟獨角獸變成馬的那個夜晚有關。

將機車停在國光客運對面的機車格，我一路尾隨阿十，最後他抵達了我曾造訪過的夏綠地公園，走到樟樹群中，盯著公園裡刻字的大石塊，然後阿十將拐杖放在一旁，背部貼齊冰涼的石頭，雙手緊壓草皮，緩慢蹲下，用僅有的一隻腳不斷踢蹭著石頭，將身體一步步墊直，試圖完成一個倒立的標準動作。

我先是在遠方觀望，看到阿十失敗了幾次，手掌無法撐起身體的重量，摔到草皮上，也只是拍拍土壤，繼續嘗試倒立。

我簡直要瘋了，怎麼有人可以賤成那德性，就為了一張五百塊。我忍不住走到阿十前面，看著他用僅存的腳還是角倒立，隨便啦，我真的好想打斷它，打斷依附在美好背後的假象。

阿十發現我的存在後有些惶恐，口中像碳酸飲料搖晃後打開蓋子啵啵啵地講著那絕無僅有的語言。

我抬起右腳朝阿十的屁股使勁踢去，想踢出他的反抗精神，但阿十倒在那就是不反擊。我拿起拐杖，用力朝空蕩蕩的斷腳揮去，阿十發出馬鳴似的哀號聲，周遭揚起土壤飛灰。

我打的到底是哪一隻腳？突然想起我爸抄木條打秀芳的樣子，那根木條還來自我書房的椅背，在秀芳的四肢暈開綿密紫色泡泡，我將門鎖起來，眼球掏空，只想留下耳朵聽福音，那場景洄游尋根最後產卵，原來連基因都複製了。

我揍著阿十，要他不要再講那種只有我聽得懂的話，要獨腳獸放棄倒立，好好當一匹馬。

對，就當馬，那樣永遠不怕角會斷。

我明明誰都不想救，但所有人都來找我討個救贖，先是浪漫波莉，再來是火柴跟田中。

火柴大概知曉蘇蘇會把他們兩人上床的事告訴我，所以他沒有特別提到，我當然不是什麼聖人，只是想聽聽他要講什麼罷了。

「我要離開臺中了。」火柴還是戴著口罩，很難嗅出他的情緒。「我爸要我回家幫忙或什麼都好，總之要在他們眼皮底下。」

「我找到獨角獸了，你要看嗎？」我說。

火柴聽到那三個字就呆在那，我將中指豎立在後腦勺上，欸，這就是獨角獸耶，有看到嗎？牠的角還可以再更高。

火柴又講了些旁敲側擊帶試探意味的話，講著講著他有點哽咽，我看不慣那模樣，不像他的階級該表現出來的一面，連忙叫他倒立給我看，那樣就哭不出來了。

火柴竟然真的又表演了一次倒立，只是這次他的手臂不斷顫抖著，撐沒幾秒就在我面前摔了個狗吃屎，臉壓著地板，透過口罩傳出的悶響不斷喊著好痛好痛，然後他站起身將口罩拿下，狼狽地盯著我傻笑。

我看到火柴引以為傲的鼻子上全是疤，一痕一痕四散開來像樹枝攪過的蜘蛛網。

「喂，獨角獸的角斷了，要戒女人啦。」火柴說。

「你自己割的嗎？」我問。火柴搖搖頭，說是田中拿美工刀幫他的，他自己下不了手。本來田中打死都不做這件事，但當火柴透澈的容貌枕在田中的大腿上，終於專屬田中，好迷人，就心軟了。

我想到三島腰子夫的《金閣寺》，田中大概也讀過吧。

蘇蘇，後來妳向我坦承一切，晚上我們兩人在浴室一起洗澡，妳對我說妳變髒了，我也說妳真的好髒，髒得像一百隻烏鴉棲戀妳肉膚後就忘了怎麼飛，但沒關係，哪裡髒就哪裡洗乾淨，妳回答不出來，我想那就是全身了。我手持蓮蓬頭從妳的頭頂澆淋，妳面對鏡子髮絲紊亂卻緊閉眼睛，始終不敢張開，任由滾燙的熱水在妳肌膚刷出一層粉紅，顏色比妳愛用的歪死囉牌護唇膏還好看。

彼時我指尖沿著妳頸椎下滑，像條蛇一樣慵懶地繾綣妳蛋白裸身，摸至腰間時妳抖了一下，不確定是癢還是害怕，蛇告訴妳：其實妳不是夏娃，淫娃差不多，牠也不那麼在意妳打破禁忌。

洗完澡後我替妳穿上我最愛的那件天藍色 Bra top，抱妳到床上，沒有要做愛，只是緊緊纏著妳，這些話我都不敢說，因為怕床上的話講出來不會成真。

妳不知道妳對我來說多重要，無論馬城有天倒塌，妳將是我僅存的歸屬，妳的陰毛密布像張三角形，而我是長方形，兩個合在一起才有家的樣子。沒事，什麼都會沒事的，我們一起吃贊安諾，藥丸對半折，還是磨碎後灑至舌面再親吻都可以，妳要用什麼形式拆解都行，只要我們不分開就好。未來我們要有小小孩，一起當失格的爸媽，但長方形三角形始終黏在一起，他們會有個牢固的家庭而不是支離破碎。

最後田中也來找我，說他要回日本了，臺灣沒什麼發展可言。

「所以你到底是臺灣人還是日本人。」我狡詐地問道。田中聳聳肩，說都是吧，臺灣人不要臉，日本人愛面子，兩者的中介彷彿才像個正常人。

「那你到底是臺灣人還是日本人？」我追問。

田中遲疑了一下，然後說：「我喜歡火柴，大概吧。」

是的，這是問題的答案沒錯，只是這火燒得比想像中還久，火柴已經不在馬城了，他說要戒女人，怎麼可能——回老家之後沒多久就從社群軟體上發現他舒爽地摟著新歡，田中看到後打電話給我，氣憤的說這傢伙真的是人嗎？我說很合理，獨角獸一輩子就只能愛女人。

但田中已經不是長方形了，我贈送他一個擁抱，對他說電影《情書》中的經典臺詞：「お元気ですか。」上身膠密但下身抽離，我怕田中會不會勃起而畫面變成老二對撞雞。

我沒有再去找阿十或那匹馬，但我終於想通秀芳所說的故事後續——獨角獸到底做了什麼。

故事的解答有點像平行宇宙：那天晚上怔忡輾轉，迷惘的獨角獸決意割斷自己的角；那天晚上星無光、人寐魂出竅，獨角獸從十二樓一躍而下，卻發現飛不起來，摔爛一對翅膀，只能坐飛機逃回日本；那天晚上方向感失靈，獨角獸在外迷路，誤跌爛泥巴沼澤，將自己的外觀給徹底潑髒染黑了。

獨角獸並非你我想像那樣高貴的物種，馬城的所有人原本都是獨角獸，牠不是個體而是一種集合，既然是集合就同樣可以拆解後重組。

現在這隻獨角獸看起來就跟馬差不多，只差語言。

我終於知道為什麼大家都來找我，因為只有我聽得懂他們在講些什麼。其實獨角獸跟馬只差在那個夜晚，那是所有人都躲不掉的，心理狀態極為脆弱、理智掙脫韁繩的一晚，然後恰好碰上一條歧路。

選哪個路口？左邊右邊，有差別嗎？可能有，只是回不了頭。

我也曾碰到那個夜晚，但誰能聽得懂我所傾吐的破碎話語，還願意花時間將其重組成完好，管它是什麼形狀。

朝馬朝馬，身為馬城的交通樞紐地帶，我一直覺得這裡就好像是人們演化成一匹馬的邪惡本營，朝馬下站朝馬去，用臺語也通，「tiau」馬，那個 tiau 也有黏住、身陷的意思，都躲避不了在馬城的天命似的。

禮拜日的半夜我送蘇蘇到朝馬上車後，走進旁邊的全家買了瓶紅茶，當我坐在機車椅墊上啜飲時，居然聽到遠方傳來響亮、有規律、鏗鏘的步伐聲，我看見搖曳燈光下有隻獨角獸在散步，雖然沒有翅膀，膚色也不白，但頭頂確實長了角。

我將鋁箔包插在超商外的盆栽裡，直奔過去向牠求救。

「你好。」我有禮貌且謹慎的朝獨角獸鞠躬。

「怎麼了嗎？」牠說，鬆軟的唇皮不斷吐著氣。

「我可以摸摸你的……」獨角獸非常高大，約莫有兩百多公分，我喘著氣，抬頭向上看，突然語塞。

牠不是獨角獸，只是頭上戴著那頂我找尋已久的圓錐派對帽的馬而已，我不知道牠是從哪裡偷來，又或者是我們之間有人在離開馬城前送牠的。

「摸我嗎？可以喔，很多人都會摸我，比起被粗魯的人騎上來亂踢腹部，我反而還更喜歡被摸呢。」牠將頭低了下來，等著我摸。

「你頭上戴著一頂圓錐帽。」

「這個？因為我今天生日啊。」

生日。牠的回答那樣稀鬆自然，導致我不忍心摘帽下手撫摸，好確認頭頂是否有角斷裂後的傷疤切口，況且如果牠真的是獨角獸，但圓錐派對帽戴在頭上，就算有角也被隱藏得很好。

我只能先沿著牠的鼻梁骨摸，馬的鬃毛柔軟得像條毯子，眼珠透出無邪，嘴角邊的口水會因為牠幽深的鼻孔噴氣而涎出。

「對了，我想請問一下。」

「怎麼了？不能騎上來喔，因為今天是我生日，我就想舒舒服服的過完今天。」

我連忙揮手否認。「我是想問，請問你會倒立嗎？」

「倒立？」

馬歪著頭斜眼看我，要我的手不要停止撫摸，牠則豎起兩耳，思忖了有半世紀那樣久，最後才終於回答。

「我們講的是同一種語言嗎？」牠說。

我不禁笑了，就在牠給出如此白目的回答後，我好像聽到身後一連串漣漪似外擴的震響，尾韻綿延，是馬城崩垮的聲音。

我摸摸自己的頭頂，沒有角，它可能藏在這裡——我的胸口，並隨時準備要刺穿心臟。

火箭人升空後

給火箭人一號：這是你二次的死亡。你知道嗎？我想到一個很愚蠢的方法——空葬。我買了一包乾癟的大尺寸氣球，還上網去訂購一桶附贈送氣嘴的氫氣，打算在小紙條上寫出想給你的話，這是第一張，因為想到什麼才寫下，所以不確定最後會寫幾張。我打算把這些紙條都捲成火腿腸那樣的大小，纏上膠帶，將回憶加壓、濃縮，塞到白色外觀的氣球裡頭，找個天氣晴朗又無風的日子，在一方廣袤且視線內皆無電纜線的地方升起這顆氣球。當它飄浮到一定的高度，內部無法負荷氣壓的時候就會爆炸，某方面也算宣告這顆氣球的死亡。藉由這種連結死亡的方式，好像才有辦法將這些紙條上的話順利傳達給你，至少我覺得比什麼等你託夢或觀落陰還來得有效率多了。

可能是新聞報導、網路影片搭配的畫外音，抑或是社群軟體上某個人對於某張照片的一小段註解。總之我很常看到、聽到「什麼什麼被鏡頭捕捉到什麼什麼……」的句法，但我覺得在綾子身上這句話應該要倒過來才適用。

綾子有一種能捕捉鏡頭的嫵媚天賦。從昏黃煽情的燈光映出她的髮絲潤澤，眨眼時睫毛傳出的律動，還有嘴唇微張的角度都像是設計好的，就連她纖細的抬頭紋也彷彿是為了襯出潔淨肌膚足以包容一切細瑕。綾子渾然天成是主宰鏡頭的存在。

綾子看著那顆鏡頭，撥弄了下頭髮，然後露出我難以形容、也從未見過的笑。

拍了嗎。拍了嗎。

拍了嗎？我愣了一下，然後點點頭，綾子才走下那塊標示著七星山主峰與海拔高度的石頭，接過我手中的相機，檢視裡頭六、七張不同姿勢的照片，放大又縮小，滿意的將相機遞給我。

綾子打趣的問我要不要也站在那拍張照片留個紀念，我苦笑，告訴她如果石頭上的數字是三位數，那倒是有可能。

我們沿著陡峭的石階下山，踩到龜裂處時我總會緊張地調整呼吸氣息，石階狹窄像一列縝密的骨牌，大概是我的腳掌再往前一步就會踩空，左右兩邊也沒有繩索能讓我抓，導致我的視線沒辦法採取平視，得專注盯著腳下，否則一不小心就會失足。

視線一朝下，高度所滋生的惶恐也跟著立體起來，這更讓我感到不安。

綾子快步走在我的前面，直到領先一小段距離後才注意到我的笨拙和怔忡，她停了下來，等到我走至她身旁時便舉起手來牽著我，她知道我怕高。

「站在那麼高又貼近崖邊的地方拍照，妳不怕摔下去嗎？」我說。

綾子瞇起眼睛。「摔下去會怎麼樣嗎？」她說。

會跟沁暉一樣。

我這麼心想，但沒說出口。

「如果怕高的話，就不能當火箭人了，如果不能當火箭人，就永遠只能看到正常人都會發現的東西噢。」

這段話是十幾年前沁暉坐在長頸鹿的耳朵上對我說的，他那時就已經決定要當火箭人了。這只不過是剛升上國小三年級後沒多久的事，連火箭人的由來也只是因為英文老師給沁暉取了個叫 Rocky 的名字，後來我們學到 Rocket 這個單字，念起來跟沁暉的英文名字有點像，他就給自己封上一個聽起來很帥的稱號，Rocket man，火箭人。

老實說我根本不知道火箭人跟普通人差在哪，但直到國小畢業我都沒有爬到長頸鹿的耳朵過，最多就是到背部吧？再爬上去的話手汗分泌會像打開蒸籠蓋那樣，握不太緊一圈圈的金屬環——長頸鹿的脖子。好吧，可能真的到了長頸鹿的耳朵就能看到不一樣的東西，我沒有當火箭人的資質。

「聽說之前高年級有一群男生，打賭誰敢直接從上面跳下來，有人還真的跳了，結果沒注意到旁邊的樟樹樹枝，一顆眼球被戳下來，他的同學們嚇得全部逃走，那一顆沾滿灰塵的眼球就這樣被留在這。」我隨手指了長頸鹿底下的一處土壤，對沁暉說道。

「騙人。」

我還真的是騙人的。操場旁有那麼多能爬的遊樂設施，有梯子造型的、像帳篷的繩床、可以跟猴子一樣抓著一根根盪過去的（我不知道那叫什麼），還有格子狀的橢圓柱體能自在穿梭內外……這些我都敢玩，唯獨最高的長頸鹿會讓我卻步，但沁暉偏偏就愛。

上課鐘響了，沁暉嘴上雖然說我騙人，不過還是很老實地抓住鐵管，從長頸鹿的口中滑了下來。

我知道懼高症是一種心理疾病，回想起來，當時編那個眼珠的故事只是為了搭一座空氣雲梯讓沁暉下來找我。但現在綾子牽著我，雖然我走在她的身後，能聞到她的髮香，看著衣服因為汗水浸濕而透的裸背及內衣的輪廓與顏色。

但我還是覺得她好高，甚至懷疑兩人肌膚的接觸有幾分不真實。

下山後我問綾子要不要吃飯或是找間咖啡廳坐著休息一下，她說都可以。我替綾子戴上安全帽，機車引擎一發動後她便緊抱著我，是那種胸罩的鋼圈跟胸部的脂肪都彷彿混雜交融的無差別無尾熊式抱法。

綾子說下次她想體驗飛行傘，或者高空彈跳，問我敢不敢。

「怎麼都想玩那種很危險的活動？」

「因為我想試啊。」綾子在我耳旁說道。

下坡路段很容易騎到時速七十以上，風聲呼嘯加上安全帽罩住我的耳朵，讓我有點聽不太清楚綾子說的話，我偷偷低頭看著綾子環抱我腰間的雙手，左手腕上有兩道明顯凸出的割痕，像撥開百葉窗的間隙，裡頭有雙救贖的眼睛要從中竄出。

綾子說的是試還是死呢，在我第一次感受到綾子的體溫和觸感交疊的同時，覺得答案就先借給風聲，也不用急著去討回。

給火箭人一號：後來綾子跟我出遊了幾次——對，是綾子，而且是她主動約我的，很難想像吧？我喜歡她那麼多年了，用美夢成真來形容再不為過，比起火箭人，搞不好我更適合當全能的工具人。綾子都會叫我幫她拍美照，你也聽我說過她的急性子，總是不停問我拍了嗎？拍了嗎？我從來沒跟綾子講過有關火箭人的一切，因此每次聽到這三個字都有些悵然，會不自覺想到你，像雙腳踩在海灘上，我朝你向前走幾步，迎來的海浪挾帶輕如沙礫的回憶，襲捲蝕來時卻有多沉重，躲不了。

我拿到無線電的時候是沁暉已經當火箭人好一陣子，他換了一個新的藍色火箭造型的背包，非常仿真，前面的置物袋上甚至還有類似時速的儀表，背包最底下掛著兩條軟趴趴的火焰，火焰一下子就被扯破了，因為總是會滑進教室的木椅縫隙內，有時候就會勾到釘子。而除了包包之外，就連鉛筆盒也是火箭造型的，以當時的流行話來說叫超炫炮的，裡頭還內建彈珠臺，但很快就被老師警告上課時只能拿必要的文具，鉛筆盒一律放到抽屜裡。

還有鞋子，沁暉買了一雙新的紅色慢跑鞋，他說火箭人就是要穿紅色的鞋子才能跑得快，我覺得是某種歪理。火箭人改造計畫還沒結束，有天他到學校時將一臺無線電遞給我。

「這臺給你，之後會用到，我也有一臺，第三節下課帶著它去祕密基地。」沁暉打開背包秀出相同款式的無線電。

上課時我偷偷把玩了一會兒，把天線拉高再塞回去、仔細研究上頭密密麻麻的按鍵，將無線電翻到背面掀開蓋子，但裡面沒有電池，嚴格來說用處是零，我不知道他是怎麼弄到這玩意兒的。

第三節的下課有二十分鐘，所謂祕密基地只是長頸鹿附近的草叢後面，那裡躺著一塊扁扁的石板，兩個人坐在上面沒問題，還可以從磚牆的小縫看到學校外馬路上的行人及來車。

沁暉將天線拉高——他成績很差，大概不懂這樣的距離是不需要動到那根天線的。接著按住通話鍵。「這裡是火箭人一號……重複一次，這裡是火箭人一號，火箭人二號有聽到嗎？」沁暉斜眼盯著我。

莫名其妙的，我在那天也變成了火箭人。一個怕高的，飛不上去的火箭人。

「這裡是火箭人二號，收到，收到。」我配合沁暉的演出，對著無線電講話。

「火箭人二號，你以後想要當什麼？」

「呃……當火箭人？」我說。

「白癡！火箭人不是一種職業。」

「那火箭人一號，你以後要當什麼？」

「拍了，拍了。」沁暉說。

我疑惑了幾秒，才意會到「拍了」就是Pilot，飛行員，王八蛋T的發音都不唸出來。沁暉說既然是火箭人，就一定得在天上飛才行，第一個想到的就是拍了。

我提出疑問，那為什麼不當忍者？忍者更帥啊。那時候電視一到五的晚上五點半，在二十八臺都會播忍者哈特利，有幾集便是哈特利將自己綁在風箏上，或是用忍術飛鼠術——雙手雙腳撐開一條布巾，弄得像降落傘似的。

沁暉說那種雕蟲小技只能在空中短暫停留而已，而火箭人是可以待在空中非常久的。

「火箭人待在空中那麼久能做什麼，還有，哪時候要下來呢？」我問。

沁暉沒有回答，只是默默地爬到長頸鹿的頭部，一屁股坐在鐵環上，拿起了無線電。這裡是火箭人一號，葉子上有一隻醜死人的黑毛毛蟲……左邊數過來第三棟的房子有個媽媽正在晒衣服……有輛車子開過來了，是銀色休旅車，駕駛正在抽菸，靠，亂丟菸蒂……火箭人二號，地面的狀況如何？

「報告，六班的胖黑正在打躲避球，美術老師正從司令臺旁走回教室。地面一切安好，火箭人二號還不想升空。」

我再重複：地面一切安好，火箭人二號還不想升空。

綾子將寬鬆的上衣掀起，用嘴唇叼著領口，露出了黑色胸罩還有渾圓的乳房，她接著以左手搓揉自己的胸部，右手則隔著丁字褲撫摸著陰部，身體忘我的律動像陶醉在老派抒情鋼琴聲中的慢舞，過了十四秒鐘，綾子將最外層的薄紗外套給脫下。

我接過綾子的外套，她怕工作人員替她穿戴的安全防具會勾壞質料輕盈的衣物，因此先交給我保管。

綾子跟我並沒有去玩高空彈跳，一個月內的假日時段都已經額滿了，只好到臺南仁德的一處創意園區，她上網查到這邊也有類似高空彈跳的體驗。

老實講，我光是從一樓爬到設施的遊玩處就已經有些腿軟，老舊糖廠改建的園區充斥著生鏽斑駁的鐵梯，踩幾步就會聽到咿咿歪歪的聲音，好像要穿透耳膜戳刺著中樞神經一樣。還有玻璃材質的透明地板，我幾乎是屏住氣息，將視線聚固如堅硬的堡壘才能稍微鎮靜。

我們買的是星光票，園區裡的人潮已經不多，但還是可以聽到四面八方傳來的尖叫聲。原本綾子是打算先玩一個將人吊起來，升至高點後放掉繩索，上頭的人就會像鐘擺一樣在空中來回擺盪的體驗，只是工作人員說報名已經截止了，綾子有些氣餒，便拉著我直接走上以大榕樹為中心的螺旋階梯，抵達了高空彈跳的體驗場所。

「來，背對我走進來——幫我把門關上，好，轉過來，走到這裡。」工作人員扶著綾子，七層樓高，她的腳離騰空只剩一步。

「等等數到三妳就往前走，不要跳，不要抓著旁邊的欄杆，會緊張的話就雙手抱胸，快要到地面時會有其他工作人員指示妳。」

綾子點點頭，然後轉頭朝我露出一抹微笑。

一。二。三。

綾子就這樣在我面前掉了下去，幾乎是毫不猶豫的。我在另一邊仔細看著墜落的過程，她的雙手沒有抱胸，就連眼睛都沒有閉起，甚至身體還往前傾斜。該怎麼說，也不像一個跳樓自殺的人該有的姿態，而是選擇毫不惶恐地直視死亡。

從七層樓高跳下到地面大概只有短短五秒，我的手掌已經濕透。工作人員轉頭看著我，問我有沒有要玩。

我好想跟在綾子之前的那個女生一樣，她穿齊所有裝備，也站到狹小的平臺上，但就在往下看了一眼後，便退了幾步，轉身低下頭來扶著欄杆喘氣。她問工作人員說能不能等一下。女工作人員輕拍著她的肩膀，沒多久我聽到她說她可能還是沒辦法，就將裝備卸下後離去了。

我想跟她一樣服從害怕的本能，但我不能，我是火箭人二號。

「我想先等我朋友上來，她的東西在我這。」我對工作人員說。

過沒多久後綾子便回來了，裝備沒脫，她說想再玩一次。我抓著綾子的手臂，緊張地問起感想。

會不會有人生跑馬燈閃過?之前的回憶那些的。沒有噢，在空中的時間太短了。你可能會有，因為怕高嘛。綾子瞇起眼睛笑起來。

好。來。一樣喔，不要抓著欄杆。

一。二。三。

綾子再度往下一跳——

快訊／國軍黑鷹直升機稍早前發生墜機事故。一架空軍救護隊2日上午迫降至新北市烏來山區，初步判斷因山區天氣驟變，直升機遇上山谷與山谷之間的上升氣流，導致方向儀不受掌控，產生撞山意外，機上共有11人，其中包含空軍現任上將劉義祥，完整人員及傷亡名單將持續追蹤。

記者呂士凱、方琦、張璇茵、王銘瀚／臺北報導。

「你要玩嗎？女朋友都試兩次了，這不會很可怕啦，速度比你想像中的還慢。」工作人員對我說道。

我將包包及雜物放在一旁的置物櫃上，繫上裝備，讓工作人員慢慢地引領著我走到平臺的最前端。我朝下一看，綾子正對我揮揮手。

一。二。三。我還是遲疑了一會兒。

比起火箭人一號所經歷的，這種墜落高度根本微不足道，我深呼吸一口氣，往前踩了出去。

給火箭人一號：我今天去公園試放一顆氣球，假裝手滑，因為那裡面還有好多人。氣球飛行的速度比我想像中還快，我發現我少了一個重要的東西，望遠鏡，因為氣球飛到肉眼已經看不清楚時卻還沒爆炸，那樣的話我就沒辦法確認這些話是否真的有傳到你那，別擔心，我回家後就立刻上網訂了一副雙筒望遠鏡，十倍率的應該夠了。對了，前陣子我看到一個新聞，亞馬遜的創始人貝佐斯搭乘一枚火箭前往太空，新聞說他們是首批進入太空且沒有專業宇航員陪同的平民旅客，我看到這裡時就笑了出來，首批進入太空的貝佐斯，大概只能算火箭人三號吧。

雖然你一直叫我火箭人二號，卻是直到最近我才真正體驗到滯空的經驗，也是跟綾子一起去的，幹，有夠可怕，跳下去之前我還發出了「呃」的一聲，跟你比起來應該不算什麼，只是我真的盡力了，你應該懂吧？後來綾子看我臉色發白，就親了我一下，有點好笑，因為我腿軟但老二硬。她說我很勇敢，但我總覺得她才是最勇敢的那個人。

沁暉對於火箭人的熱忱只存在於國小三、四年級，長大之後他就再也沒提起過小時候的蠢事了，但我偶爾還是會調侃他。火箭人，現在飛去哪啦？

「新竹啦幹你媽的，單位有夠操。」沁暉說。

早在國一時沁暉就喪失成為拍了的能力，因為他打電動打到成了一個大近視眼，我們的交情從國小到成年後都依舊要好，從彼此分享一包統一脆麵到交換A片；從國中爭著網咖錢誰要出，到之後吃飯時他總是自動掏出錢包買單。

「幹，學生就乖乖讓有賺錢的人請客。」

其實每次沁暉這麼說，我都感覺他的身形越來越高，就連影子在空中都拉得好長，好像脫離了火箭人卻繼續穩定飛往下一個人生階段，而火箭人二號卻是個還留在地面的死大學生。

他高中畢業那年沒考大學，而是就讀空軍官校，受訓兩年後成為一名職業軍人。有點諷刺，做出這個決定時也是火箭人一號的第一次死亡，沁暉的家裡需要收入，無法讓他跟多數人一樣就讀大學。

放假時沁暉總跟我分享工作上的大小事，他的工作內容是在新竹當塔臺管制員，每天監控著好幾十架的戰鬥機，讓那些戰鬥機能順利取得地面概況後進場。

「跟你說，上上禮拜我碰到了Bingo。」

「Bingo？什麼鬼。」

「就是我們空軍都有一堆代名詞啊，例如新竹機場是ＰＯ，清泉崗是ＭＱ，嘉義是ＫＵ之類的。總之Bingo是緊急情況，代表那架戰鬥機幾乎快沒油了，要幫它安排最短路徑進跑道。你可以想像戰鬥機降落時是像跑操場外圈那樣，通常要有一個緩衝的弧度，幹咧，那個飛行員不知道是沒算好油量還是怎樣，搞到我要幫他安排一條直接橫切操場的路線，你聽起來覺得沒什麼，但要是飛行距離再拉長，那架戰鬥機可能會直接掉到海裡。」沁暉解釋了起來。

「那後來安全降落後你沒有去幹罵那個飛行員嗎？」

「幹你媽啦，拜託，飛行員？少爺官耶，又不是想當就能當。要當飛行員得通過很多測驗，基本就視力要一．五以上，然後還有壓力測試。」

「什麼壓力測試？」

沁暉比手畫腳了起來。因為戰鬥機的起飛瞬間重力會達到９Ｇ，通常飛行員會暈厥一小陣子，這狀況叫Lock，所以受訓時會進到一個特別的空間進行壓力測試，在裡頭慢慢提高壓力，模擬一千公尺、兩千公尺所承受的壓力。

我聽到這些內容，都覺得那個童年懷抱純真美好的火箭人已經消失無存，沁暉還在天上飛著，所倚賴的燃料來源卻是比什麼模擬空間還要龐大數倍的生活壓力。

他接著聊起了我的近況，我說一切都還行，除了綾子交男朋友外。

我跟綾子是高中同學，碰巧又考上同一所大學，沁暉從來沒見過綾子本人，只是從我這聽過很多她的事，包含我高二時跟綾子告白被打槍，但兩人到現在偶爾都還會聊天。

「那你還喜歡綾子嗎？」沁暉問。

「喜歡啊，就覺得現在這樣也挺好的，一直跟她保持聯絡，搞不好哪天就輪到我了。」

「可憐，臭工具人。」

「沒差吧，總比當火箭人還好，那無線電我還留著呢，放在家裡，要還給你嗎？你裝個電池，搞不好高裝檢的時候會需要，或是捐出去給其他拍了使用也不錯。」

「操你媽拍了！」沁暉講完後巴了一下我的頭，開始喃喃自語起來。「真希望你之後可以跟綾子在一起，然後婚禮請我當伴郎，致詞我不行，但紅包五位數沒問題。」

「努力努力囉。」我說。

能體會並參與到最好的朋友的喜悅，那真的是一件很奢侈的事。沁暉最後是這麼對我講的，我說我也是，希望我們都不要有 Bingo 的那天。

給火箭人一號：你可能會好奇為什麼是用氣球來跟你講話，我想那跟風有關。我現在住的房間的喇叭鎖有一點老舊，通常我去附近買東西時是不會鎖門的，而回來的時候，由於喇叭鎖不牢靠的緣故，不需要轉動門把，只要用推的門就會打開，但低機率時候鎖舌會完美的鑲嵌進槽孔內，這時候就推不開，我第一個念頭都是有其他人在房間裡。

你是空軍，又在新竹單位，所以很自然的讓我聯想到風。你飛走後的隔天我就立刻到你文山區的家了，你爸你媽看到我來很開心，但其實兩人的眼眶都還有些紅腫，我在火箭艙內看著你照片前插著好幾炷香，那應該是升空所需的燃料吧？你爸告訴我說你現在不太適合見客，因為不是很完整，我能想像撞擊力道有多大。我說沒關係，就在往前走的同時突然颳起了一陣風，會不會是你在旁邊？我的舌頭像鎖舌一樣緊密扣合，因此講不出話來，但是轉開門把後，依舊是空蕩蕩的房間沒有任何人。

一隻大手先撫摸著綾子的臉頰，接著將食指湊近綾子的嘴邊，綾子吸吮了幾口，那隻手再來順風而下滑到了乳頭處，綾子呻吟著，鏡頭有些晃動。接著那手溫柔的按壓著綾子的頭，向下，向下，就定位之後綾子伸出了淡粉、光滑無苔的舌頭。

舔了一口冰淇淋，綾子問我會不會緊張。

「何止緊張，怕得要死。」我說。

「你明明有懼高症，為什麼還答應來花蓮跟我一起報名飛行傘。」

「喜歡妳吧。順便看能不能治好。」我聳聳肩。「那妳呢？怎麼突然熱衷起這些極限運動。」

綾子跟我說了一個小小的故事，從她朋友那偷來的。

有個晚上綾子跟朋友打電話聊天，她朋友突然提到那時鬧得轟轟烈烈的新聞，有輛火車出軌，死了不少人，而綾子的朋友恰好認識其中的一名死者，不是很熟，但兩人甚至有見過面，聊過幾次天。綾子的朋友在電話那頭悠悠的說著：「總覺得很不真實，一個認識的人就這樣突然消失了。」

綾子摳弄著手上的疤。「最近有些事困擾著我，讓我也有點想要就這樣消失。」

我不知道要說什麼，只能摸著綾子的臉頰，試圖輸出給她一些燃料。

「死亡究竟是怎麼一回事呢。」綾子拄著頭說道。

「大概像那個吧。」我指著餐廳裡的電視，上頭正在播報新聞。

UH-60M黑鷹直升機事故完整十一人名單出爐，空軍司令上將表示，十一位同仁中有八位沒有生命跡象，三位生還。罹難名單分別是飛行官正駕駛：何冠文中校、飛行官副駕駛：馮元亮上尉、參謀總長：劉義祥上將、政戰局副局長：江啟銘少將、機工長：陸宇彬士官長……通訊處：曹沁暉中士。目前已將關鍵的黑盒子送至飛安失事調查委員會，準備釐清事發前……。

「BTS怎麼了嗎？」綾子看著電視正播報的娛樂新聞介紹的韓國偶像團體，疑惑的看著我。

我搖搖頭，隨口扯淡搪塞過去，綾子也沒有追問。

而我們到底為什麼要從事這些具危險性的活動，綾子跟我一樣，都隱瞞了些什麼沒告訴對方。

給火箭人一號：你曾經跟我說過，能體會並參與到好朋友的喜悅是一件很奢侈的事，我認同，但我想既然能有喜悅的共感，那相反的，死亡的共感會不會也能體會呢？我現在就是在做這些事情，藉由墜落或是滯空的片刻剎那，試圖從中跟你一起恆久的翱翔。說穿了這本來就是火箭人的分內工作，只是我一直逃避所謂升空這件事而已，因為我曉得，世界上沒有任何一個實體升空後不會落下的，就連好幾十萬光年外遙遠的星星都有生命週期，最後也會化成流星殞落，你搭乘的那架黑鷹直升機也一樣，只是它掉下來的方式我不太能接受。綾子的朋友說：「總覺得很不真實，一個認識的人就這樣突然消失了。」這句話其實不是針對你，但你知道我是怎麼想的嗎？有關生命的無常，正是因為一個交情最深的人突然消失了，才感到格外真實。

沁暉曾經跟我講過飛行員的專有名詞，空間迷向，那是在後來他想起要成為飛行員，還得具備的一個先天條件而跟我補充說明的。飛行員的方向感要比普通人都好，否則很有可能會出現空間迷向的慘況。

飛行員在駕駛飛機或戰鬥機時，主要依照兩種天氣狀況來決定操作機體的方式，第一種是目視天氣，第二種是儀表天氣，通常能用目視的方式是最無風險的，然而由於大霧瀰漫，或是濃厚的雲層阻礙視線等，當飛行員看不到外界的情況下就需要仰賴儀表來判定飛機的姿態和方位。

而空間迷向是當飛行員進入雲層，或是夜晚飛航時所可能發生的情形，由於這樣的環境沒有明顯的地形物當參考點，因此容易將海面的漆黑誤以為是天空，而將天空的星體錯認為海面船隻的燈光，產生海及天空上下顛倒的錯覺，以為飛機是爬升，實際上卻是往海面衝去，所以飛行員一定得具備優異的方向感。

我覺得空間迷向這個名詞聽起來既唯美又可怕，並且不一定侷限在飛行員身上，例如我也覺得那個我愛了這麼多年的綾子，跟真正的綾子會不會其實也是顛倒錯置的關係呢？

鏡頭不斷晃動著，像機身遇到亂流一樣，因為綾子的舌頭舔舐吸吮那根陰莖長達三十秒，從馬眼到外層的腫脹血管，從陰毛滋生的陰囊到根部，綾子像隻奶貓一樣，沙沙的舌頭讓掌鏡者的手不停抖動著。

綾子脫去內衣與內褲，彎腰起身，胸部在鏡頭前呈現大特寫，無法聚焦但乳頭周遭的小點點看得一清二楚，我甚至能看到綾子吞嚥口水或前列腺液時喉嚨產生的起伏。當綾子再度置中於鏡頭，她的手正撕開保險套，擠出空氣的動作老練嫻熟，接著替那根陰莖完美的包裹上一層防護。

接著鏡頭挪了下位置，遠景鏡頭是你我都知道要用來捕捉細節，將地點和人物的一舉一動呈現給觀眾。然後鏡頭不再晃動，定點拍攝，那代表掌鏡者的雙手都空了出來，接下來的劇情就跟鏡頭一樣，都牢牢的固定住了。

「都固定了。」綾子照著教練的指示，伸出手檢查，確認身上的安全措施都有扣緊而無鬆脫後對教練說道。

我站在綾子旁邊，也將裝備檢查了一次，接著戴上墨鏡為防飛行的過程中紫外線會過度曝射眼睛。

我跟綾子有上網做過功課，都先吃下了暈車藥以免在空中產生暈眩嘔吐感。教練將綁在腰間的繩子拉緊，做完最後確認後便指示我們坐到飛行傘的前座上，並戴上安全帽，教練自己則坐到後座控制飛行傘。

我以為飛行傘是從很高的山上往下飛，事實上我們大概在不到半山腰處的平坦地面而已。

開始奔跑，我的腳尖慢慢離地，火箭人二號即將升空。

給火箭人一號：記不記得國小時我在長頸鹿底下問了你一句：「待在空中那麼久要做什麼呢？」現在我知道答案了，飛行傘在空中除了看到太平洋的寬廣蔚藍，和花東縱谷盎綠的景色外，更重要的是可以回想很多事情。

信不信？雖然只有二十分鐘左右，但我覺得體感時間根本不只，國中教過每上升一百公尺，溫度就會下降零點六度，時間可能也因此凍結了，不過主要應該是逆風和速度緩慢的關係，教練有問我要不要飛快一點，我大吼對他說千萬不要。我還是很怕啊，別忘了我有該死的懼高症。至於你那邊的速度又得以讓你在空中想起什麼呢？是你的家人？你的女朋友？還是想著你真的好倒楣，只不過因為有幾張派得上用場的執照，就剛好被抓去出這次的任務——這是經由來看你的長官跟你爸講，再由你爸偷偷告訴我的。

無論你在空中想到什麼，我只是要告訴你，我在上面怕得要死，心跳超快，差點把午餐吐到太平洋。你看到這張紙條的時候會笑出來吧？那個連長頸鹿都不敢爬的火箭人二號，有一天居然會飛在海拔一千公尺左右。

這是我唯一能做的，跟你一起體會瀕臨死亡的感覺。

回民宿的路上，後座的綾子抱著我，在耳邊問我飛行傘好不好玩，懼高症有沒有痊癒了。我說根本沒有，而且我不會再嘗試了。

「那妳覺得好玩嗎？」

「好玩啊，超刺激，我一直叫教練能不能再飛快一點，他說小姐妳瘋了嗎？」

我點點頭，沒多說什麼。等到停紅燈的時候，我轉頭看向綾子，將安全帽的前罩掀開。

「其實妳希望繩索就這樣斷掉，然後一個人掉到海裡吧？」我說。

那個紅燈有九十秒，綾子沉默，直到變成綠燈時才又抱著我，將整個臉埋在背上然後大哭。

那是自從綾子的性愛影片被前男友惡意流傳到網路上後，我第一次看到她坦然面對哀傷的神情。

我騎得很慢，慢到有餘力跟風追回答案，那時候綾子講的是試不是死，我不想要綾子就這樣消失。

回到房間洗過澡後，我跟綾子像兩隻獸纏在一塊，在床上褪去彼此的衣物，擁吻交疊、忘情撫摸、貪婪舔舐著每一處肌膚。

但當綾子跨坐在我的身上，我突然覺得畫面好熟悉。那三分二十七秒的影片我看了數十次，沒有一次是讓我有想要自慰的衝動，反而是呆愣著，就像現在一樣。

鏡頭固定後，綾子握著硬挺的陰莖，以女上男下的姿勢賣力的扭動著臀部，甩頭髮、淫叫，那雙手時而拍打綾子的屁股，時而粗暴的搓揉綾子的乳房，綾子看起來很享受，欲仙欲死，感覺快要射精時就放慢頻率，低頭親吻著胸膛，然後再加速衝刺。

影片的最後，那雙手將綾子挪開，抽掉保險套，右手緊握陰莖開始上下摩擦，而綾子則再次張嘴，五秒鐘後將所有精液吞了進去。開頭跟結尾是差不多的，只差在綾子嘴邊沾著白稠的液體，同樣露出我從未見過，也難以形容的笑。

影片中男生並沒有露臉，但我卻沒辦法將自己代入成裡頭的男主角。

綾子看著我軟綿綿而無力的陰莖仍然硬不起來，尷尬的將視線別開，我突然又開始感到不適，仰望著坐在我大腿上的綾子，她整個人突然抽得好高好高。我頭又開始暈了起來。

「對不起……我可能剛才……」我想編個藉口卻突然詞窮，只好坐起身抱緊綾子。

綾子撫摸著我的頭髮，對我說：「沒關係，我才要說對不起。」

如果說火箭人升空後就注定要墜落，一號是這樣，二號也逃不掉。

那天從花蓮回來後，綾子便再沒有回覆我的訊息，打電話過去也沒有接，她好像以另一種形式消失在我的生命中。

但我很確定綾子並沒有自殺，因為我從共同朋友得知她依舊有更新社群網站，並且也會正常回覆其他人的訊息。

我怎麼都想不到，是綾子治好了我的懼高症。

一個月後，綾子終於回覆我的訊息，傳來的是幾張照片，照片上的她在酒吧中親暱地摟著男生，裡頭與那部性愛影片中的旅館有著同樣煽情昏黃的燈光。我注意到綾子的左手，戴起了一只手錶和手鐲，巧妙的將之前割腕所留下的疤痕遮掩住。

我依舊斷斷續續的送出訊息給綾子，問她到底怎麼了，問我到底怎麼了。

又一個禮拜後綾子才終於回覆我，這次她傳來的是一則我再不能熟悉的影片。

我有一種綾子早就知道我看過她的性愛影片的預感，那時候如果我的陰莖能硬起來，就會是一種證明，能無私包容綾子的汙點。而現在她想要將所有愧疚與罪惡感通通攬向自身，選擇用自我毀滅式的報復來對我進行放逐。

而傳完那影片之後綾子再也沒有跟我有任何的交集。

空間迷向不只發生在飛行員，而會發生在所有迷惘之人上，也許綾子正是這樣的狀態，我不清楚她到底是在上升還是墜落。

看到綾子傳來那影片的當下我並沒有哭，只是一個人在凌晨兩點默默走到頂樓。

八層樓的高度，我往下俯視，然後發現我的懼高症居然是這樣被綾子治好的——因為我根本不怕從這裡跳下去。我突然懷念起那個膽小的火箭人二號。

在那個想死的寂靜舒適的夏夜，一陣風朝我臉上吹來。

我還不能墜落，因為火箭人一號已經將所有燃料都給了我，自己則被剝奪了飛行的動力，並且墜毀在山區。沒了燃料等於失去了火，火箭人一號現在只能當賤人一號，我所能做的僅有挾帶賤人一號的寄託，安然無恙的繼續在空中馳騁。

什麼都不講就這樣消失了，賤人一號你真的有夠賤。

給火箭人一號：這是最後一張紙條了，我想還是有些好消息可以跟你分享。我的懼高症沒了，現在火箭人二號再也不怕升空。另外我跟綾子終於交往了，只可惜你沒能親眼看到，否則你一定會很開心吧。

即便我到現在依舊沒想到究竟有什麼東西升空後不會墜落或降下，但那也沒什麼關係了，至少我已經發現那些過往都沒辦法看見的事物。小時候我說有人的一隻眼睛在長頸鹿旁被樹枝戳下來，我是天才吧，因為那是騙你的，所以現在我多了一隻眼睛的配給額度，借你用吧，我跟你爸你媽還有一定好多人都洗過那隻沾滿灰塵的眼睛了，你可以讓火箭人二號帶著你的眼睛，繼續看那些身在地面就無法察覺的景色。

我拎著無線電、望遠鏡和充好氣並塞滿紙條的氣球來到了山腳下的空曠場所，確認附近沒有人後，便拿起依舊沒有電池的無線電靠近嘴邊。

火——賤人一號，這裡是火箭人二號，有聽到嗎？我再重複，這裡是火箭人二號，請接受訊息，完畢。

我鬆開手，將飄忽不定的白色氣球送回歸天空尋根，大概到十層樓的高度後，我便拿起望遠鏡，並小心翼翼地移動腳步，追蹤著氣球的足跡，得確定賤人一號會是哪時候收到訊息。

氣球飛得越來越高，越來越高。

突然間我想起了什麼，將手中的望遠鏡丟到一旁，然後就這樣看著那顆氣球越發渺小，最後連一個白點都看不清楚，消失在我的視線裡。

嘿。

賤人一號，你知道嗎？

即使我的懼高症已經好了，但我想到待會目睹那顆氣球爆炸的樣子，內部空氣跟我的壓力都好大，紙張會噴發就像你當初的肉身殘骸一樣瓦解四散。

你知道嗎，我裝文青洋洋灑灑寫了那麼多張紙條。

但其實我還是不願接受這一切。

狗的反義詞

眾生百態。

怎麼詮釋這句話？就是手足會因為爭遺產而魚貫湧入番婆村，上一秒手拈線香跪在靈堂前哭嚎，下一刻線香的縷縷炊煙變成黃長壽吐出來的竊竊私語，司儀還沒喊到孫輩，幾個兄弟就圍在棚架外的田埂旁，說滿嬷的姓氏一筆一劃那終究算外人，拿太多了。

七十幾歲的人，西裝只被召喚於紅白場，比起穿，更像是將身軀塞進方正的窄殼內，良辰吉時破繭而出，像人又像畜生。

就是那時滿嬷明白所謂眾生百態，說到底還是比出來的，只有神的殊勝亙古不變，流水的運命沖到番婆村，熬過五十三個年頭，即使先生兩年前過世了，頂樓甫掛神明廳的三尊大老，滿嬷不敢妄想自己成為一家之主，從不懈怠，每天起床後虔誠上香，擦拭赭紅桌邊的香灰，祈求家人身體健康、事業日上，尤其擔心剛上國中的狗仔孩。

「懇請帝君庇佑，莫予狗仔孩學歹……伊生性狡怪，閣愛關聖帝君、媽祖婆、土地公仔加掛心。」一次發包案子給三尊神，滿嬷雙手合十跪在地板，真正的跪是膝蓋上的厚繭包裹著骨叩裂竄的痛，除了忍還是忍，先把內心掏空，神明才願入厝。

事發那天上完香沒多久，滿嬤在客廳想起賴打快沒油了，奄奄一息的火光跟她的足脛骨一樣孱弱，便叫狗仔孩拿新的打火機去神明廳更換，狗仔孩蹦蹦跳跳上了三樓，沒多久便拉開走廊的陳舊紗窗朝防火巷大喊：「阿——嬤！燒起來落。」

狗仔孩的嚷叫像裁判高舉發令槍，百米賽跑的張力相比客廳到三樓的距離都要顯得遜色，滿嬤汗水涔涔還來不及冒出，口水倒是先噴了出去。

「猴囝仔——」滿嬤劈頭正要罵。

「我毋是猴啦，是狗仔。」狗仔孩笑嘻嘻，不知事情的嚴重性。

「叫你提賴打著會出代誌，你敢有耍火？」

「毋敢啦，遮神明廳頭呢。」

滿嬤瞥了一眼香爐，厚厚的香灰層有被水潑灑過的痕跡，插在上頭的三炷香卻還在燒，問是從哪裡燒起來的，狗仔孩指著底部密密麻麻一片紅的香腳。

害啊！哪會發爐？

滿嬤抬頭盯著屏風前的依舊安詳貌的三尊神，是誰要講話？

滿嬤常跟狗仔孩提到，他出生的時候，整個番婆村的狗也倍增了起來。

當然，這其實跟狗仔孩無關，而是那個時期笨重的鐵牛不再是橫行水泥路上的霸主，一臺臺發財車林立在新建廠房的大門口，通常是五金工業，也有幾間較大的製鞋廠和橡膠公司。水稻無論在風中搖曳的身姿多絢麗，又或是陽光底下展露一串串的豐腴，都不會讓人起貪念，相較起來金屬的價錢對比重量，CP值則高多了，監視器還沒流行到番婆村，小老闆們只能仰賴忠心的狗吠，不讓小偷囂張跋扈。

鄉下人養狗很隨興，有時候讓狗出去尿尿也不見得要人牽，反正牠繞啊繞最後還是會回來，更不用說替狗結紮了，有些狗一出門就要幹大事，導致番婆村的流浪狗越來越多。

不過狗仔孩之所以叫狗仔孩，主要還是上幼稚園前，滿嬤幫兒子媳婦帶小孩，電視規定早上只能看三十分鐘，狗仔孩吵著要到外面玩，滿嬤乾脆就把狗仔孩帶到住家後面，左鄰右舍聚集著聊天下棋打四色牌，狗仔孩就在滿嬤的視線內玩耍。

滿嬤跟鄰居們聊著，稍不注意狗仔孩，突然聽到阿芳嬸大喊：「阿滿恁孫仔佇電火柱放尿啦。」眾人的視線盯著狗仔孩稀哩嘩啦的小雞雞然後訕笑，滿嬤也沒生氣，反而覺得這就是小孩的可愛之處，只是叫狗仔孩下次尿尿時要跟她講，鄰居家的廁所都可以借，尿在電線杆上沒衛生，還怕漏電。

說也奇怪，狗仔孩就是改不了尿在電線杆的習慣，即便去柑仔店買麵線跟米酒前滿嬤才讓狗仔孩上過廁所，腳踏車踩不到幾圈，膀胱又不安地躁動起來，狗仔孩嚷著尿急，從後座一躍，紮起馬步在百姓公廟旁的電線杆上撒尿，也就幾滴而已。跟狗一樣，又調皮，這習慣直到國小三年級後滿嬤才沒見過，但「狗仔孩」這個小名早已烙印多年，難以改口。

以水灌溉香爐，萌芽的神諭至高卻充斥在六坪大的空間，是缺牙的嘴，風拂吹祕密藏不住，案發現場第一目擊者也最有可能是肇事者。

狗仔孩把家裡發爐的事情告訴大夏跟小夏，然後理所當然地得到了兩個截然不同的反應。

「跟你們說一件霹靂酷的事，我家神明廳發爐了。」

平日下課後到晚餐前的這段時間是大小夏的自由時間，三人穿著同校的運動服在空地玩傳接球，手套只有兩個，嘴巴停止的話會有一個人沒事做。

「畫什麼樓？」大夏站在一旁插腰問道。

狗仔孩皺眉吊起眼睛，指尖搓著軟式球皮上的紋路，想著要怎麼解釋發爐的意思。

番婆村內聽不懂臺語的人都不簡單，這話是狗仔孩他爸說的，去年才搬來的大小夏一家便是如此。

「安怎算無簡單？」狗仔孩問他爸。

「你去看他們家貼的春聯上寫什麼字？」

「看無啊，埕斗遐濔大，閣擋三臺車佇咧門跤口。」

狗仔孩爸巴掌拍了一下腦袋，說：「癮頭，這著無簡單啊。」

其實不只視線被遮蔽，狗仔孩每次去大小夏家找兩人時，戶外的電動大門總是緊閉著，根本進不去。

狗仔孩振臂將棒球投出，對大夏說：「就是香爐內起火，而且是從香腳開始由下往上燒，聽說是神明有事要來警告。」

「不可能啊，一定香灰掉下去時引燃的，哪有什麼神明。」砰一聲，小夏扎扎實實的接起這球。

「真的啦，我阿嬤是這樣講的，還很慌張。你們不相信有神明嗎？」狗仔孩問。

「當然信。」「當然不信。」

狗仔孩聳聳肩，他已經對這兩人見怪不怪，跟水煮蛋一樣，肉眼根本無法辨別裡頭是全熟還是半熟。

「不過事情沒有絕對的對錯，要看以什麼角度切入而已，只要有人相信，神明就真實存在。」小夏補充了他對於信仰的看法。

大小夏雖然是雙胞胎，但光從外觀就可以看出區別，兩人的身高以國中生來講都相對出色，不過哥哥是單眼皮，弟弟是雙眼皮，就算沒注意到這點也無妨，只要跟兩人交談幾句，就會發現大小夏個性的迥異，觀點幾乎都是相反的。

唯有那麼一次，狗仔孩記得大小夏罕見地回答出同個答案，是當他們在番婆村探險，狗仔孩帶著兩人在觀音賭婆（她的眉心黏著一顆肥痣）家外面摘仙丹花吸蜜時，賭婆養的那條溫馴白狗湊了過來，鼻頭偎著小夏的背磨蹭，兩人也不吸花蜜了，顧著跟狗玩，捏下巴或是搔肚子，說以前住的大樓都不能養狗。

「你們很喜歡狗啊？」狗仔孩問，然後猜測是大夏還是小夏會回答比較喜歡貓。

大小夏卻是異口同聲喊出：「對啊。」

就這一次，狗仔孩再沒聽過其他相同的答案了。

沓沓仔行，甫燒片刻，白茫茫的香灰還沒來得及勾勒成大家樂的明牌，滿嬤又跪了下去，手捏兩瓣紅色新月，盯著關聖帝君一綹黑鬚，於心中默念所詢問之事，要虔誠到彷彿物我合一，筊杯鑲嵌進掌上老繭那樣才敢擲出。

「甘是性命有危險？」

匡噹一聲，筊杯彈跳在地，笑杯。狗仔孩坐在木藤椅背英文單字，時不時往滿嬤身上偷瞄，不小心打了個哈欠，淩厲惡狠的眼光隨即射了過來。

滿嬤鬆了口氣，萬幸是笑桮，人就一條命，要被收去可不是跪上幾天幾夜能解決的。

「若按呢……甘是厝裡錢財出狀況？」雙手再度擲出，拋物線拉得長長一條，懸掛惶恐，落地才知曉奈何風水輪流轉。

這次是無桮，滿嬤皺起川字眉，錢的事還好解決，她也不是沒苦過，一鍋白粥撈不到幾粒米，都還是和著鹹鴨蛋菜脯豆腐乳三選一吞下肚。轉頭看狗仔孩挖著鼻孔就沒來由地氣，現在的小孩過太舒服，一餐沒肉就哇哇叫。

「阿嬤……阮數學老師有講，跋桮就三種爾爾，下擺就有聖桮啦！妳想清楚愛好好問。」

「莫吵啦，好好讀恁的冊，神明面頭前閣敢無大無細，欠人拍。」

機率學在這個空間永遠不會開化，比起講究邏輯的數學，屏風壁畫的兩行字才是真理：佛力永扶家安宅吉，祖恩長佑子秀孫賢。口說無憑，還是要求出來。

滿嬤突然想起三年前先生的葬禮，那些說她是外人的兄弟，聽說最後也因為遺產的分配不均而鬩牆。

絕非外人，最佳的證明就是神明有話要跟滿嬤說。

「甘是黃家內底會出冤仇人？」

筊杯在地板轉了幾圈，最後一正一反躺下，像醫生終於宣告病因為何。滿嬤合掌道謝，理當是要求三個聖杯的，不過狗仔孩的那一番胡言亂語，讓滿嬤不敢再問得更細，怕最後還是沒有個結論，現在她至少有個方向可以留意了。

滿嬤下樓後，狗仔孩闔上英文單字本，也走到了神明桌前默念起自己的名字。狗仔孩不像小夏那樣斬釘截鐵地拒絕任何迷信之事，但也不是跟大夏一樣怕東怕西的，他就出生在這個家庭這個村莊，自小難免耳濡目染，何況他的菸蒂堂哥還有隔壁的阿俊叔某方面也都跟神明有關聯。

但狗仔孩就是想賤一下，小孩子的賤不需要多邪惡敗德，重點要能有喜孜孜的感覺上頭，像有個別人不知道的祕密那樣。

報上了自己的名號，狗仔孩在心中默念：「請問剛才阿嬤得到的答案是真的嗎？」隨後輕盈拋出筊杯。

到底是不是純粹的機率，筊杯的兩端恰好相連，像一張綿延開來的笑臉看著狗仔孩。

拐進小巷子內後會依序看到三棟透天厝，第一棟是阿俊叔叔家，狗仔孩家是第二棟，第三棟是狗仔孩的伯父家，伯父家跟狗仔孩家只有一條防火巷的間隔。其實再數過去還有第四棟，是狗仔孩阿公的哥哥的祖厝，滿嬤常說沒事不要過去那邊。

其實對狗仔孩來講根本沒差，番婆村裡面有太多稱謂他記不起來，出了這條小巷子後還有許多類似的構造，血緣關係早就不知道要扯到祖父輩還是曾祖父輩去，反正滿嬤跟狗仔孩爸會下口令，那個誰誰誰要叫丈公姑婆還是伯公嬸婆叔公，跟著喊一聲就是了。

大小夏的家雖然也在番婆村裡，但房子是前年新建，周遭無比鄰，神奇的是每當大小夏騎腳踏車來找狗仔孩玩，幾乎長輩們都會投以關愛的眼神，塞些零食或水果給大小夏吃，喊起大夏小夏比勾芡著淡淡血緣關係的狗仔孩更親。

星期六下午，狗仔孩跟兩人在村裡閒晃。

「好無聊，要去哪？」

「找小黑。」大夏說，他這半年來替番婆村所有的流浪狗都取了名字。

小夏反對這種行為，他認為取名是很親密的行為，既然不能負起養育的責任，就不要隨便取名字。說是這麼說，不過也正因為大夏的熱心，小夏才能跟著一起喊小黑芒果大嘴牛奶短尾雪球 Luca 飛毛腿……

三人騎到小黑常出沒的大榕樹下，卻沒看到熟悉的黝黑身軀像平常那樣搖著尾巴跑來討摸。

小夏倒是發現涼亭裡有另一隻瘦巴巴的黃毛狗，趴在圓柱木椅旁喘氣，脖子上沒項圈，視線緊盯著三人。

「你們看。」小夏指著黃毛狗。

「有另一隻耶，會不會是小黑的老婆。」大夏興奮地朝涼亭跑去。

就在大夏衝向那隻黃毛狗的同時，牠突然警惕地皺起鼻頭，前爪不安的摩擦地板，弓起身子將屁股抬高，狂吠了幾聲像是警告大夏。

「欸，不要過去啦，牠看起來蠻凶的。」狗仔孩見狀呼喊。

但大夏並沒理會，他以為是自己的步伐太激烈才驚嚇到狗兒，索性也在離狗大約二十公尺處蹲下來，緩慢向前，伸出右手招呼並發著彈舌音。

「來啊……來這邊。」

狗倒是收起了齜牙咧嘴，靜靜地看著大夏離牠越近，然而就在大夏離牠約莫十公尺時，突然蹬起身體邊吼叫著向前暴衝。

小夏驚喊，大夏連忙回頭奔跑，重心不穩還摔了一跤，是狗仔孩早有預感，因此將剛才撿的石頭朝黃毛狗身上扔去。

黃毛狗並沒有追過來，大夏氣喘吁吁地看著自己的弟弟跟狗仔孩，幾秒鐘後眾人一起笑了出來。

「嚇死我。」大夏心有餘悸，伸手抹去額頭的汗水。

「好險牠不是瘋狗，不然你鐵定被咬。」狗仔孩說。

「牠看起來很溫和啊，誰知道。」

小夏搖搖頭。「狗跟人一樣啦，有些壞人平常也裝得好好的。」

狗跟人怎麼會一樣。狗仔孩心想，那跟侵害到牠的地盤有關。

突然想到一件事，狗仔孩轉頭對大小夏說：「你們家明天如果沒有要出門的話，四點來我家，帶你們看神明。」

發爐的事很快就傳到 Andy 的耳中，那天從工廠下班後，Andy 便推開狗仔孩家的紗門。

「阿嬤呢？」Andy 詢問正看著電視的狗仔孩。

「灶跤。」

Andy 走進廚房，滿嬤坐在餐桌前，正拿一把剪刀裁著地瓜葉的厚莖。

「阿嬤！厝裡發爐妳哪會無共我講？我會當幫妳問水伯啊。」

滿嬤才想起還有 Andy 可以幫忙，那時候太著急了，腦袋打結，完全忘記可以找水仔問事，她放下手中的剪刀跟地瓜葉，嘆了口氣。

「唉唷，煞袂記得福安宮有佇解決這款代誌，害我跤幾个梧去，真正是老啊。」

「袂要緊啦……神明講啥物較重要。」

滿嬷遲疑了半晌。「無啦，攏小可仔代誌爾，我閣懷疑是狗仔孩創治咧。」

Andy摸摸下巴，也不敢對滿嬷打破砂鍋問到底，他自己在福安宮走跳那麼久，也清楚有時神明的警訊不是要讓越多人知道越好。

「若按呢……後禮拜福安宮拄好有請到媽祖來庄頭踅境，我共阿俊叔攏會出陣，我會叫他們佇外口行較久。」

「下禮拜要出巡哦？」狗仔孩不知何時偷偷摸進廚房，拍了拍 Andy 的手臂。

「去看電視啦。」

狗仔孩自討沒趣，要走回客廳時 Andy 突然拉住他。「喂！你跟大小夏不是讀同班嗎？」

「所以咧……你講話不要離我那麼近，都是菸味臭死了。」

Andy 伸出手作勢要打狗仔孩，狗仔孩嘻笑地護著頭。

「有空就帶他們來家裡玩啊。」

「為什麼?他們家比我們家好玩多了。」

「不要問那麼多,去看你的卡通。阿嬤我轉去囉。」

Andy 說完後便離開狗仔孩家。他想到水伯上個月回到福安宮,從皮夾內掏出募款,笑吟吟的對所有少年仔說可以請媽祖來番婆村了,今天去雙胞胎家募款,本以為非村裡人對這種事不感興趣——大小夏的爸爸確實是不怎麼感興趣,也不追問細節,只是點點頭,默默的掏出三千塊,說既然是為了村子好,大家都出他沒理由不出。

要知道番婆村正常一戶只會意思意思收個三百元而已。

鞭炮聲此起彼落,伴隨著人手上的北管樂器,小鼓、鈔、鑼、響盞演奏著遊將令,震耳欲聾的狂喜籠罩在番婆村,先鋒手持杏黃色頭旗,隨後大仙尪仔腳踩迷離太子陣,左搖右晃護駕南瑤聖母。

大小夏從沒看過這番場景,驚呆中還帶點惶恐,怕的是遠方那一列二尺半高的鐵黑慘綠面孔迎面走來,各個氣勢淩人又挾帶一股鬼氣,不知道這些都是媽祖的隨扈。

狗仔孩難得可以替兩人科普，看著引路人甩弄別上旗幟的桿頭揮舞，說那是替神明開路，每揮一下就要驅趕任何疾病或不祥之事，家門要打開，邀請神將驅邪並賜福。

第一個出現的大仙尪仔是黃袍土地公，矮胖身子到處鞠躬，走到狗仔孩家門前，小夏退了幾步，被狗仔孩從後面擋住，示意大小夏索取土地公手上那元寶造型盒中的糖果。

「那可以拿，就是要給我們吃的。」狗仔孩說完，挑了幾顆他愛吃的糖果，沙士糖、楊桃糖和小貝京麥芽梅子糖。

大夏平常雖然膽小，面對起神明卻比小夏格外有信心，他也伸出手抓了一把糖果，一半塞進口袋，一半遞給遲遲不敢動作的小夏。

狗仔孩跟大小夏說他的菸蒂堂哥也是大仙尪仔其中一員，不過人穿戴著那麼巨大的神明袍子，如果沒仔細從肚子中間的洞找尋人臉，是很難發現誰是誰的。

「菸蒂堂哥？」小夏問。

「其實是叫 Andy 啦，但是他愛抽菸，所以我都偷偷叫他菸蒂。」狗仔孩指了一下身旁的房屋，繼續說道：「他就住我家隔壁啊，念高職的時候就會參加這些活動了。」

「走，我們去後面看。」狗仔孩領頭，帶著兩人穿過防火巷來到廚房後門外，馬路上已經有披著毛巾的宮廟人員拉著一串紅鞭炮進行場布，準備恭迎眾神兵神將的道來。

滿嬤老早就在後門外了，她備好一張小木桌，上頭放著幾杯茶和水果，一個人正忙著燒金紙。

「那兩個是好兄弟，矮的叫黑無常是八爺，高的叫白無常是七爺。」狗仔孩指著對比鮮明的兩尊大仙尪仔。

滿嬤的手掌跟金紙表面同樣粗糙，邊對摺邊念念有詞，看到千里眼跟順風耳將軍就代表媽祖要出現了，但狗仔孩跟滿嬤不一樣，比起媽祖，狗仔孩更想看阿俊叔叔。

阿俊叔叔平常總是和藹可親，狗仔孩蠻喜歡跟他聊天。

繞境隊伍的中後段，阿俊叔叔跟著面目猙獰的八家將一起出現，樂器與鞭炮的嘈雜聲堆疊成滿滿的信仰，信徒手持沖天炮盒，直奔天際炸成璀璨空汙再以心靈洗滌潔淨。狗仔孩指著阿俊，對大小夏嚷嚷著那個拿鯊魚劍往自己背上砍的乩童就是住隔壁的叔叔。

和藹可親的模樣消失，狗仔孩每次看都覺得像是變了張臉一樣，太有意思。阿俊裸露上身，頭傾斜四十五度角，抖動嘴唇，雙眼迷濛宛若嗑藥，踏著八字步，三步一小砍五步一大砍，鮮血汩汩從額頭與後背淌成蜿蜒溝渠，這叫神明護體，是真是假狗仔孩始終不解。

「是欲講幾擺！出巡時袂使烏白喝名，這馬毋是阿俊，是王爺上身。」滿嬤斥責狗仔孩。

「歹勢歹勢……是王爺。」狗仔孩摸摸鼻子，轉頭對大小夏低聲說道：「代言人啦。」接著解釋起阿俊的來歷，之前番婆村內的福安宮缺了好多年的乩童，據菸蒂堂哥轉述，不是王爺不想要，而是沒人有這個緣分，直到有一年阿俊去福安宮上香，廟公水伯眼睛一瞪，轉達神旨，阿俊就這樣客給了王爺作乩童。

「他不會痛？血是真的吧。」大夏疑惑地問。狗仔孩聳聳肩，拿出滿嬤的說詞，神明護體。

「人就是神嗎……」小夏喃喃自語，簡單的道理卻難以吸收。

隨著拉發電機的人經過，隊伍只剩下零散的信眾跟在後頭。「這些人最後要走去哪？」小夏問狗仔孩。

「信徒就各自回家啊，我堂哥他們有扮大仙尪仔的會回福安宮。」

此時狗仔孩爸走了過來，問大小夏要不要進來家裡坐，喝個飲料什麼的，然後對狗仔孩說道：「你留落來拚掃一下，順勢看阿嬤欲搬啥物好鬥相共。」

狗仔孩喔了一聲，然後對大小夏說：「先進去我家啊，我等等就好。」

直到清掃完滿街放完鞭炮遺留下來的紅紙屑，狗仔孩進門時看到他爸正泡著茶，邊跟正襟危坐的兩人聊天。

「你們那麼喜歡狗，家裡怎麼不養一隻？」狗仔孩爸問。

「我爸說養狗太花時間。」大夏回應，卻遭小夏推擠了下手肘。「不是啦，是我媽說狗身上有很多細菌。」

狗仔孩爸喝了口茶，說：「你爸爸媽媽講的都沒錯啊，我們家以前也有養一條狗，叫東東。」

大小夏有些吃驚，同時看向狗仔孩，他從來沒對兩人提到這件事。

「死了啦，被車撞的。」狗仔孩拉張椅子坐下，平淡地說著。

「還不是你沒牽好繩子。」狗仔孩爸又泐了杯茶，繼續說道：「你要跟大夏小夏好好學，人家有禮貌，成績又好。毋愛讀冊著去作工，送乎廟內底演大仙尪仔，作神嘛比作狗閣奢颺，行路亦有風。」

「你爸……說狗怎麼樣？」大夏低聲問道。

大小夏認識狗仔孩這段時間，唯一熟稔的臺語大概就只有一個「狗」字。

「沒有啦不用理他。」狗仔孩說。

「平平都是國中生，我家小孩就比你們矮這麼多，唉，命啊。」

小夏看到狗仔孩眉頭微微一皺，趕緊打圓場。「沒有啦叔叔，健康老師有講，每個人的成長期不一樣，有些人晚，有些人早。」

大夏則轉頭對狗仔孩竊竊私語：「而且長高腳會很痛喔。」

狗仔孩爸的酸言酸語讓狗仔孩不是滋味。虹吸現象發生在狗仔孩的腹部，有股說不上來的感受攪動著狗仔孩的胃，在大小腸內蠕動，沿著腸壁絨毛一點一滴往上攀爬，急湧升至喉頭時，狗仔孩終究嚥了口口水將其送回。

狗的反義詞到底是什麼？不可能是貓，那根本就是兩個物種。

繞境完的日子照舊，滿嬤卻心神不寧，神明廳發爐為事實，卻還沒發生任何事，氣順氣在亂，打四色牌如常做底湊對，偶有叫囂嘔氣時刻，最終輸錢跟贏錢的人都還是老相好。庄頭血脈未斷，養分不止而輸送到每一戶番婆村家，是自己多心，還是暴風雨前的寧靜？

又或者是繞境時，媽祖與其隨從化除了厄運，轉成福安宮內一烓烓的香火鼎盛，想來想去，滿嬤又懷疑起當時的直覺：是狗仔孩在惡作劇。

煞煞去——狗死，狗蝨也無命，一家人和樂融融是最好。

滿嬤坐在客廳，殊不知狗仔孩睡完午覺從二樓走下來，揉著眼睛，迷迷糊糊中告訴滿嬤他作了一個夢。

夢裡狗仔孩在神明廳，看到家裡以前養的狗：東東。牠趴在神明廳的木桌上對狗仔孩搖尾巴，突然翻身露肚，舞動前爪揮著空氣，好像有個隱形的人在旁撫摸著東東。

狗仔孩走上前也想摸東東，狗的臉一擺正，全是鮮血和蠕動的白蛆。

被嚇醒了，第一念頭就想到這會不會有什麼含意。

「這馬閣想欲變啥齣頭？狗仔爬去神明廳，無你是想欲造反哦？」滿嬤雙手插腰。「我問你，發爐真正毋是你佇咧玩火？你老實講。」

「無啊……」狗仔孩囁嚅，委屈只能自己吞。

「抑是閣想欲飼一隻狗？無可能啦！咱兜飼你這隻狗著毋知開偌濟錢去啊。」

狗仔孩聽到滿嬤這番話，不曉得哪來的勇氣，選擇用邏輯面反擊：「妳歸工佇遐發爐發爐的，若真正發爐，彼嘛是神明有話欲對我講，哪會是妳。」狗仔孩不自覺地拉高音量，尾字一落便暗忖大事不妙。

滿嬤瞪大雙眼，正要一巴掌落下時恰好窗外傳來喝止聲。

「喂喂喂！誰佇遐無大無細？真正是狗精牲呢。」Andy的臉彷彿要擠裂紗窗，不允許任何藐視神明的話語。

狗仔孩趁機躲離客廳，上二樓打電話，約大小夏出來打籃球。

三個人便是在那個下午，於前往籃球場的路上，看到阿俊坐在機車上抽著菸，淚流滿面的。

一開始是大夏遠遠就發現阿俊的，大夏停下腳踏車，對狗仔孩說那個人不是住你隔壁的叔叔嗎？拿劍砍自己的乩童啊。

狗仔孩仔細一瞧，真的是阿俊叔叔。原本想從背後偷偷嚇他，將腳踏車移放路邊，躡手躡腳趨前，卻發現阿俊不太對勁。

「是不是在哭啊。」大夏問。三人躲在轉角處，從阿俊用衣袖拂拭眼角的動作上演偵探推理。

「神也會哭嗎？」小夏說。

「白癡喔，他現在是人。」狗仔孩又好氣又好笑。

觀察了好一陣子，阿俊就只是抽菸，然後撕開拉環喝啤酒，接著低下頭嘆氣，重複這三種動作。

「可是他的頭在抖動啊，上次神明附身不也是這樣？」小夏追問。

「還是我們去問他怎麼了？」狗仔孩說。

「不要。」「好啊！」

討論了一番，最終三人還是決定先觀望，不去打擾阿俊，倒是狗仔孩提到剛才被菸蒂堂哥罵的事。

「他罵我狗畜生耶，我就突然想到，所以狗的反義詞是人嗎？」狗仔孩說。

小夏舉手發問：「可是繞境時阿俊跟你堂哥都是神，如果神等於人，那狗的反義詞應該是神。」

抓著頭皮，大夏思索究竟要不要加入話題，終究還是開口說道：「不對啊，人的反義詞才是神吧。」

「那狗的反義詞到底是什麼？」

狗仔孩問完，便跟大小夏陷入一陣沉默，只好將視線再度移回阿俊身上。

「啊」的一聲，大夏突然開口：「我知道他為什麼哭了。」

「為什麼？」小夏說。

「他很痛。」大夏點點頭，肯定地說著。

當神時，拿鯊魚劍砍自己雖然無感，但卸下神明護體後，阿俊終究是個凡人，穿衣形同赤裸，所以他的痛來得比較晚。

滿嬤的肉眼所見在神在人，發爐代表有事將至，滿嬤看不到的異常，大小夏替她察覺了。

「最近好多流浪狗都不見了，昨天我跟我哥在村裡繞半天，只看到雪球跟牛奶而已，我們懷疑有人下藥。」小夏神祕兮兮地告訴狗仔孩。

「下藥——」狗仔孩話才講一半，大夏接續說道：「你都沒發現嗎？」

一方面是狗仔孩的身分認同，他自己就是狗了，哪會對其他狗特別留意；一方面則跟他沒牽好鍊子，導致東東被車撞死有關。

「怎麼辦啊？」小夏說。

腦袋持續空轉，大小夏眼巴巴的望著狗仔孩，彷彿跟狗有關的事來找他處理就對了，他同樣為狗的代言人。

畫面跟信徒去福安宮問事有幾分雷同，狗仔孩站著不發一語，思索了片刻後是靈光一閃還是神明上身不曉得，不用起駕或扶鸞，開口便是迷途羔羊的支柱。

「你們跟我一起去找菸蒂。」狗仔孩說。問狗太慢，還是問神有效率。

腳踏車駛離住宅區，來到農地旁的違章鐵皮大廠，狗仔孩聽他爸說過番婆村的地下娛樂很多，鬥狗是其中一種，他雖然沒親眼看過，但知道那個地點在哪。

一踏進鐵皮工廠，機器的運轉聲鼎沸，幾個假日加班的年輕人瞥向三個小孩，似乎見怪不怪，反正不是警察不要緊，便繼續忙著手邊工作。

離入口最遠的一角心懷不軌以各式報廢機臺占據空間，推開後門是儲藏室，再推開內門，看到空地正聚集著一群人。

菸蒂正夥同身邊四五個人抽菸，看到狗仔孩身後跟著大小夏，有些吃驚，連忙將香菸隨手一彈。

「你來遮作啥物？」菸蒂狐疑地問狗仔孩，接著對大小夏露出客套笑容。
「庄頭的流浪狗是毋是有人掠來遮比賽？」
「啥——」菸蒂嘴巴張得老開，用手掌捧起耳朵示意聽不清楚。
「我講——庄裡——的流浪狗——是毋是——予掠來遮！」
狗仔孩的宏亮嗓門吸引了不少目光，其中一名穿白背心，挺著肥肚的中年男子笑吟吟地走了過來。
「遮毋是阿滿嬤的孫仔嗎？恁弟遮細漢嘛來趁錢喔。」中年男子語畢後也看到了站在門旁不敢亂動的大小夏，興奮地開口說道：「唉唷阿弟仔，這兩位甘是你金主？」
肥肚男子跨到大小夏眼前，口吻像是熟識多年的朋友。「雙生仔！糖仔甘好吃？我遮閣有，來來來。」說完掏出一包檳榔作勢給大小夏，看到兩人膽怯地退後反倒開心大笑，接著操起不流利的國語。
「你面不認識我了嗎？我是土地公啊，你不是有拿一大把糖狗分你弟弟嗎？」中年男子說道。
狗仔孩才發現，這些人多是跟菸蒂在福安宮廝混的朋友，年紀有大有小，每個人脫去大仙尪仔的套服，也卸去臉上花花綠綠的妝容，但在大小夏眼裡，此刻的樣貌卻比繞境扮演神時還可怕。

「按呢！為什麼七爺有兩個，八爺只有一個？」一名酒氣沖天的男子笑得開懷，狗仔孩知道意思是說他的身高矮。

土地公來了，緊接著太子爺也來了，文判、武判、四大金剛、二郎神君、千里眼順風耳都來了，簇擁在大小夏身邊，議論紛紛著兩個番婆村的特有種。

「雙生仔！甘會使借淡薄仔零星？呵呵呵呵呵……」

「人予你嚇驚去啊……哥哥弟弟，回家後不可以跟媽媽說喔。」

大小夏被包圍著，聽不懂的話語可怕，聽得懂的字句更不安。

「緊喔！欲開始囉，猶未落注的人趕緊。」

拯救大小夏不是狗仔孩，是莊家的吆喝聲。眾人這才回到鐵網圍起來的空地外，包含菸蒂。

「我跟你們說啦。」菸蒂清清嗓子：「沒有人抓流浪狗來這裡，道理很簡單，不會贏，通常都是比特犬啦、杜賓狗啦、卡斯羅啦……」菸蒂看著狗仔孩，又接著說：「攏是外國的狗種啦，親像這兩人共款才會贏——毋人愛用你這款土生仔。」

圍觀的那些人按下注的狗分成兩圈排排站，菸蒂說完後便走向其中一圈。

狗仔孩和大小夏本該是就此離去的，但卻被中間露出那空隙的景象所震懾住。

兩名狗飼主分居鐵網內一角，手持的細長木棒各有一端削成銳利，不斷朝龍中的狗戳刺著，從狗的悽慘叫聲中可以判斷絕沒有神明護體。血液滲出沾染蓬鬆狗皮，籠內的東南西北全方位躲不過猛刺，哀號聲逐漸便為低沉的吼鳴，繼續刺，排開獠牙口水涎滴，繼續刺，萃出原始的獸性只為一勝。

飼主退開，將狗籠的門朝向對手，門一開，兩隻凶犬扭咬成一塊，眾人歡呼雷動，腎上腺素飆高，咬予死咬予死咬予死。

四掌十二利爪勾過彼此的疏毛刮出一道道血痕，獠牙試圖拖曳身軀，先撲倒再啃肉，不吃，就是要淩駕凌虐，蹬起半身只為搶出上風，嚎叫聲大，喝采聲更宏亮。

輸者哀鳴垂涎噴尿，想逃？能逃去哪。躲回番婆村心安的電線桿，狗仔孩也曾經是如此放尿。

兩條狗自相殘殺的畫面使狗仔孩想起了那個莫名其妙的夢。

狗天生有地盤性，番婆村就是狗仔孩的搖籃，原來他一直不想承認，大小夏對他而言就是侵略地盤的威脅，是菸蒂堂哥、狗仔孩爸等人教會他，成長就是弱肉強食。

要咬死他們，否則只會目睹自己傷痕累累的模樣。

若說狗仔孩注定輸，想翻盤靠的也是這一刺，誰贏誰輸不明瞭。

大小夏終於拉著狗仔孩逃離了鬥狗現場。

滿嬤坐在騎樓聽收音機，看到狗仔孩與大小夏氣喘吁吁地騎著腳踏車回來，劈頭對狗仔孩又是一句：「恁是創啥物？汗流滿四界……閣去做歹代誌？」

狗仔孩連忙搖頭，帶著心有餘悸的兩人進屋休息。

剛坐下還在喘，小夏篤定地說：「那些人不是神。」

「你的角度咧？」大夏傻笑。小夏依舊堅定地搖著頭。

「對不起。」狗仔孩說，懊悔讓愛狗的兩人看到那一幕。

「如果你堂哥說的是真的，那狗到底跑哪去了？」小夏撐著頭思考。

「會不會只是剛好沒遇到而已，聽說流浪狗也都有群居性，可能一起跑去哪邊了也說不定。」大夏說。

時值傍晚五點多了，趁著三人聊天時，滿嬤端了兩只花紋玻璃碗，招呼大小夏吃點東西。

即使大小夏客氣地說家裡會煮飯，卻推託不過老人家的熱情。「加食一寡無要緊，囝仔人當咧大漢，毋通枵著。」

大小夏接過碗筷看向狗仔孩。

「要你們多吃一點沒關係。」狗仔孩說。平常都是他帶大小夏在番婆村摘土芒果、野桑葚吃，哪一次讓他們餓到，況且最需要長高的應該是自己。

滿嬤親切地拿遙控器給兩人，狗仔孩鼻孔哼氣，逕自走向廚房瓦斯爐上的鍋子內舀起沉在香料堆中的滷肉。

狗仔孩捧著碗，走回客廳看到大小夏津津有味的品嘗著，三人真的都餓壞了。

狗仔孩筷子剛挾，已聽到大夏將空碗放至桌上的聲音，接著第二次，他聽到大小夏口中講出一樣的答案：好吃。

狗仔孩挑了挑眉，將肉放入口中咀嚼幾下，突然停止動作，將筷子扔在桌上，拿著碗快步奔向三樓。

滿嬤正在神明廳點香，聽到急促的腳步聲傳來，狗仔孩一把將碗擱在桌上。

「阿嬤……這敢是豬肉？」狗仔孩問。那味道跟平常不太一樣。

「彼貴參參呢！夭壽補，若毋是拄好有人客，你著食無啊我共你講。」滿嬤理直氣壯的回應，她說的卻是事實。

狗仔孩被逼急了，覺得滿嬤完全搞錯重點。「所以這是啥物肉啦。」

「狗肉啦！」滿嬤回應。

都說狗還分等級，口號一黑二黃三花四白，要不是庄頭內有門路，上等的黑狗肉想買也買不到。

聽到答案後，狗仔孩放盡全力吼了長長一聲，隨後倒在地板上，滿嬤被這情況嚇了一跳。

「死囝仔你佇甲我嚇驚喔……是欲起來未？」

又呼喊了幾聲，狗仔孩依舊沒反應。

狗仔孩爸跟大小夏聞聲趕來神明廳，發現狗仔孩癱在地上動也不動，所有人連忙問滿嬤發生什麼事，滿嬤看到大小夏，反而緊張得支支吾吾，只說狗仔孩突然倒在地上。

就在此時狗仔孩忽然爬起，面向眾人，雙眼緊閉，嘴唇不斷蠕動著，發出意義不明的聲音。

「媽……是毋是神明降駕？」狗仔孩爸緊張地問。

滿嬤本想斥責這般荒唐事，但自己就正在莊嚴的神明廳中，不敢鐵齒怕觸怒神明。

腹內有狗肉，頭頂有神明，此刻狗仔孩恰好人狗神三位一體，掌握了話語權，底下全是等他開口的迷惘信眾。

原本只是想鬧鬧滿嬤，現在搞成這樣進退兩難，狗仔孩一睜開眼，彷彿從在場所有混濁視線內察覺惶恐，又從廣袤無邊的惶恐中看到期待。

狗仔孩想起小夏說過的話，事情沒有絕對的對錯，要看是以什麼角度來切入而已。不曉得滿嬤、狗仔孩爸、大小夏，甚至是阿俊叔叔，以及快要回家的菸蒂堂哥都好——他們究竟希望自己成為人還是神還是狗。

狗仔孩一把抓起神桌上的陶瓷碗，將其高舉於頭頂，任憑碗內湯汁肉塊灑落也無妨。

旋即重重的往額頭一砸。

會不會痛？老實說陶瓷觸碰到額骨後四散飛濺的瞬間，狗仔孩是沒有感覺的，但那個剎那——狗仔孩確實聽到了所有人的心聲。

毀去人狗神一體，狗仔孩現在什麼都不想當了。

他知道他的成長痛也會來得比較晚，且於夜無聲無息，而在陽光刺眼之際帶走狗仔帶走孩，終於成人。

鳥擊兩百呎

因為候鳥群繁多，我們都說東沙島上是藏不住祕密的。如果由上俯視，會發現島的地形就像一張畸形的裂嘴，鳥從機場的最北端跑道開始飛翔，抵達空軍基地只需要一分鐘。只要踏出基地，島上隨時都可以發現鳥的蹤跡，這讓我相信，那張裂嘴開口時便是鳥群翱翔的每一刻，牠們會悄悄傳遞所有人的流言蜚語。

島上沒有一般民眾，扣掉放假人員，包含駐島的警察還有少數的海軍，也就三百多個人而已，阿姑呆酒駕的事情一下就飛遍了整個U型渡假村。

我跟阿姑呆在新竹的空軍基地時就已經認識了，說起來我大概是東沙裡跟他交情算好的一人，所以隔天我便主動詢問他怎麼回事。

「幹……就只是在附近吃個熱炒，我爸喝多了，要我載他。」阿姑呆說。

「沒撞到人？」我問。

「沒有啊，就剛好倒楣被臨檢，我只喝一罐啤酒而已。」阿姑呆無奈地傻笑著。

「測出來多少？」

「零點一九。」

我拍拍他的肩膀，也擠不出說什麼安慰的話。

我知道阿姑呆同樣清楚軍人絕對不能酒駕的鐵規，一瓶三三〇毫升的金牌沒辦法真的讓阿姑呆意識不清，但只要酒測儀器驗出的數字大於零，那一口氣不只把阿姑呆的空軍制服給吹走，更連帶將他整個人吹向迷惘的遠方。

即便東沙的工作內容很涼，也不是每個軍人都願意與荒蕪共存。除了釣魚、浮潛、打籃球之外可以說是沒有任何娛樂，更何況休假是兩個月一次，對有女朋友的軍人來說實在是憋得難受。

阿姑呆告訴我說他會來東沙的原因主要有兩個：外島加給，以及原單位的長官看他不順眼很久了，總是處處刁難他。

酒測值低於零點二五還算輕微，這事本來可以記個大過就好，可軍中該有的程序少不了，上報再上報，但到了新竹的原單位，那邊幾個長官聯合起來搞阿姑呆，把他過往的「不良」紀錄一併添了上去。

所謂的不良其實只是阿姑呆不懂變通的個性所致，例如有些睜一隻眼閉一隻眼，只要敷衍就能交差的檢查，阿姑呆的嘴就是不會轉彎。

我看過某個年輕的少尉軍官一開始還給阿姑呆臺階下。

「這裝備……有確定達到汰換的標準嗎？我們的庫存已經不多了喔。」

「是的，我已經檢查過了。」阿姑呆說。

「要不要再查看一次？」

阿姑呆還真的在那少尉面前仔細訴說哪邊的零件有什麼問題。最後少尉只能點頭收下資料，他官階也不大，年紀甚至比阿姑呆還年輕，說穿了就只能演好他該扮演的角色而已。

阿姑呆可能不清楚他待的並不是軍營而是一齣大雜燴舞臺。

不按照劇本走，層層評鑑的懲處下來，結果是阿姑呆沒辦法再簽下一個四年約，更慘的是阿姑呆的役期只剩兩個月——這一次他放假後就直接畢業了。

「沒關係啦，至少這兩個月的五號，薪水還是會妥妥的進到戶頭。多吃點魚吧，臺灣的可沒這麼新鮮。」我只能講出這種玩笑話。

阿姑呆笑了出來，接著他突然立正，朝我比著敬禮的手勢，五指併攏手掌伸平緊貼右太陽穴。

「中士古佑齊，先跟弟兄說聲再見了。」

「以後沒人信你這套啊。」我笑著對阿姑呆說。這種標準的敬禮手勢，也只有在軍中才真的有點用處而已。

東沙島的潮汐變化被軍人用來當作放假的指標，看到四次大潮就代表差不多可以放假了。

機場的兩旁布滿了耐鹽的植被，每當大潮來臨，海水會蓋過部分的跑道，到了退潮時便會有許多魚擱淺在那。

我們在東沙的工作內容並不多，比較重要的除了例行的清點彈藥、保養消防車跟防火設施，以及當每周四固定一臺的民航機降落後負責行李的托運外，再來都是些小事，例如淨灘、祭祀等。

只要沒有特別高階的長官來巡察，一整天下來自由活動的時間充裕，畢竟那些設備很難真正毀損——我是說，只要沒有人瘋掉，放把火燒了基地，就能想像根本不會用到消防車，其他的東西也是。

忙完工作後，剩下的時間我們很常用來釣魚，特別是大潮的那幾天，魚群更容易集中到島的四周，我們會釣到傍晚退潮，然後再去機場附近撿些擱淺的魚。能釣到的魚類豐富，青嘴龍占、鸚哥、油面仔、軟絲、海鰻，甚至偶爾還有龍蝦。釣到的魚都拿來加菜，無論是生吃還是煮湯乾煎，都是本島沒辦法比擬的口感。

那天傍晚，我跟小邱、奕哥、馬仔共四人在島的東邊釣魚，就剛好聊到了阿姑呆的事情。

「你們有看到阿姑呆最近的矬樣嗎？媽的整天穿著制服在島上來回走，還坐在地上專心賞鳥。」馬仔首先起了這個頭。

「把握最後的機會吧？之後就沒得穿了。」奕哥掛上白吐司團，甩出釣桿。

小邱通常只是為了跟我們聊天才一起釣魚。「賞鳥還好吧？我還看到他一個人逛到大王廟附近，在那邊研究墓碑。喂！你跟阿姑呆不是很早就認識了，怎麼不去關心一下。」小邱對我說。

「關心你媽，我能怎麼辦？抓條檸檬鯊幼魚給他偷偷帶回去養嗎？」我說。

檸檬鯊是東沙最有名的魚種，我第一次看到鯊魚的鰭浮在海面還有些懼怕，後來就習慣了，這裡充斥大大小小的檸檬鯊，浮潛時只要避開魟魚群跟大尾檸檬鯊就行。

我的非軍人朋友有時會跟我聊到他們的近期狀況，總抱怨有某個討人厭又陰險的同事，不時就會在背後捅你一刀。那讓我想到鯊魚鰭在海上盤旋的樣子，不過比起來鯊魚好多了，有鮮血才讓牠們會興奮，而少數人的嗜血彷彿不需要理由。

「中！」馬仔暴力地將魚鉤扯開，把那條巴掌大的龍占扔進水桶中。「不過說真的，你們覺得阿姑呆之後會找什麼樣的工作？」

「那麼蠢，去工地做粗活吧。」小邱不喜歡阿姑呆，有一次站哨時，剛好阿姑呆起床上廁所，看到小邱正在打盹便立刻把他叫醒。

「阿姑呆有什麼專長嗎？」奕哥發問。

「高中畢業就簽志願役了，應該是沒有吧？我看他也沒有想補學歷的打算。」我說。

「算了啦，才二十六歲，不怕找不到工作。」馬仔吹著口哨。

我們四人突然陷入一陣沉默，可能是開始思考將來換作我們退役後，到底還能從事什麼職業。

當初從軍校畢業，分發到單位後的第一天，連上的大隊長將所有新人集合在中山室，四十七歲的他對我們這麼說。

「有些人適合一輩子從軍，但從你各位的眼神和紀律看來，大隊長只能說句難聽的，可以先培養自己的第二專長了。」

東沙的生活讓我感到過度安逸，對魚群來說也是，珊瑚島嶼水質乾淨，深海的營養會被沖到表層，還有藻類以及熱帶喬木形成的潟湖生態圈，養分充足。

我擔心有天我會跟那些魚一樣，不知不覺就擱淺了。

「你們覺得動物也會自殺嗎？」馬仔敲碎沉默，丟了個奇怪問題。

「講三小沒頭沒尾的。」小邱說。

「上次放假的時候，我跟朋友們去南投玩，開車下山時有一戶人家養的一隻大白鵝衝到馬路上，還張開翅膀對我們叫囂，後來我朋友的車子也開下來，幹，那鵝又衝出來一次，完全不怕被撞耶。」

「這跟動物會自殺有什麼關係。」我問。

「沒啊……我只是釣著釣著，就想到會不會有魚其實知道吃了這個餌就會上鉤，但還是選擇咬下去。」

「你是說魚在這過太爽，覺得沒意思就想變成沙西米？」奕哥說。

大家笑了出來，這問題其實蠻有趣的。我開口接著說道：「那這樣算他殺還是自殺？」

在馬仔這個問題尚未得出結論前，島上突然傳來熟悉又懼怕的聲響，瞬間將我們從哲學家拽回精忠報國的軍人，如同東沙島的群星能在無光害的夜空中灼耀，馬蹄鐵般的空曠島嶼也有著倍數擴增響度的效果。

熟悉在於那是打靶時T91射擊的宏亮鳴聲。

這時間不應該有任何槍枝的使用。

從深圳拉一條線連到北菲律賓的佬沃，東沙島約在這條線的中間處。

我還記得，國中的地理課本上說經濟海域為領土外的兩百海浬，這兩百海浬當時對我而言，不過是一段背下來就能在選擇題上拿到分數的字句，是到了東沙以後才真切體會到兩百海浬背後所隱藏的危險性。

南海有著豐沛的魚群資源，也代表會有不少漁船入侵我們的經濟海域進行非法捕撈，通常是菲律賓跟中國。

以前在新竹空軍基地時就偶爾會有中國的飛機侵入領空，該有的戲依舊得演，透過廣播驅離，雖然他們多半不理會我們的警告——其實我們也真的不能怎麼樣。

但畢竟在空中也沒什麼好值得留戀，模擬作戰訓練結束後飛機就會離開了，可海洋就不一樣了，船隻能偷走的東西實在太多。

我們是空軍，所以通常海面上的事情不歸我們管。

大家都是這樣想，可是沒人清楚一個快要退伍的軍人在想些什麼。

那天漁船入侵到島的西北邊，中國的漁民其實有點像民兵，幾乎人人都有配槍，除了進行非法捕撈外，他們也很常派無人機到島上空拍，不外乎是要蒐集情報後上呈軍事單位。

問題來了：漁船派的空拍機，這算不算我們的管轄範圍呢？

空拍機是能夠擊毀的沒錯，可是這一槍絕對不是由我們或是海軍來開，通常是交由海巡署處理——警察開槍是職責上的保衛領土，而軍人開槍就他媽的不一樣了，代表國家與國家之間的宣戰。

當今是沒有國家願意戰爭的，軍人握著的槍枝也多流為嚇阻作用的，不得不扛在身上的符旨。

阿姑呆那天剛好正在槍房外站哨，所以他手上一定得配一把該死的T91。

T91一旦在不對的時間擊發，「該死」二字就得挪個位置，放在阿姑呆的前面用來形容這個舉動到底有多麼危險。

該死的阿姑呆就這樣拿著T91，在無人機離他越來越清晰的時候對空鳴了一槍。

我們四人趕到現場的時候一片嘈雜，不僅分隊長對著阿姑呆幹罵，就連海巡的人開船驅離對方回來後，也越俎代庖的對阿姑呆發火。

「古佑齊！你他媽的是打算搞我嗎？還是搞東沙島的弟兄？還是搞整個臺灣？」分隊長的五官猙獰，像條深海下醜陋的鮟鱇魚。

阿姑呆肅然立正。「報告分隊長，我是一名軍人，身上穿著軍服，我有責任捍衛國家。」

「捍你媽的逼，你還有臉說你是軍人？軍人酒駕……」海巡的長官朝地上啐了口痰水，指著阿姑呆的鼻頭問道：「你還有多久退伍？」

「報告，十天。」

「十天……十天……你這十天別再他媽給我出亂子啊。」

分隊長拍拍海巡長官的肩膀，示意接下來交給他處理。

阿姑呆又被罵了將近十分鐘，他口中跳針似的依舊嚷嚷著軍人還有職責等字眼。

這事當晚立刻傳到正在休假的指揮官的耳中，照理是要記過或寫檢討書的，但指揮官也知道阿姑呆不久就要退役，只叮嚀其他人在剩下的日子裡好好看著他。

我有一種阿姑呆並不是真的想警告對方，而是用子彈來訴說他不捨這份工作的感覺。

大家都說槍是軍人的第二生命，但我覺得休假才是，尤其在離島上，沒有什麼事比休假來臨更讓人振奮了

我以為休假前的最後一個禮拜同樣能愜意的在島上打混，直到禮拜四那班民航機遇上了突發狀況。

那天在塔臺負責指引民航機降落的人不是我，我跟大多數人一樣，是正在基地裡面處理著各自事務的時候，聽到分隊長倉促的聲音從廣播中傳了出來。

「注意！鳥擊！停止手邊工作，立刻去庫房取槍，前往機場排除阻礙。」

細節很快就傳遍整個基地。那架民航機在離地五百呎，也就是約莫一百五十公尺處的時候，有一隻鳥被捲進發動機裡。

民航機跟戰鬥機不一樣，民航機有四個渦輪，一個渦輪損壞後還有其他三個

能持續給予飛機飛行的動力，塔臺的人指示民航機先在上空盤旋，等到狀況排除後再下降。

狀況排除靠的就是這些老舊的填裝式獵槍。

阿姑呆是第一個拿著獵槍衝出去的。

我們四十幾個人趕到機場周遭時，看到阿姑呆正對鳥群不斷的吼叫，並對空鳴槍。

「操！別射空氣，射鳥啊！這樣飛機怎麼下來。」幾個有鳥擊相關經驗的弟兄對阿姑呆大吼。

包括我，所有人不斷對那些候鳥開槍，槍聲交雜鳥的粗啞叫聲，鳥羽像棉絮一樣散落在空中，霧狀的鮮血持續灑落至地面。

即便有些鳥已經飛到了海上，那是飛機不會靠近的路徑，但同樣射殺無誤。

當鳥屍遍布機場周遭，狀況確定排除後，那架民航機才緩緩地下降。

飛機的艙門一開，許多軍人弟兄神色緊張地走了出來，然後對我們敬禮。

幾個外國來的海洋動物學者皺著眉頭，看向地上的鳥屍，我們在他們的眼中像未經開化的野蠻原始部落。他們都是些書呆子，不知道人命優先，鳥擊最慘的情況會導致墜機，若不是有這些屍體，他們根本沒辦法踏到地面來研究那些活著的狗屁。

飛機離開後剩下的人便開始善後，有人負責接起水管沖灑地面，我跟馬仔和小邱以及阿姑呆，則撿起了一隻一隻的鳥屍往海裡扔，檸檬鯊嗅到了鮮血後便圍聚成一團，像是餵食秀一樣將那些鳥吞噬至肚。

收拾得差不多後，有人提議去喝咖啡——東沙島上是有咖啡廳的，國軍為了體恤我們，所以請有這方面專長的軍人來製作餐飲，一杯拿鐵十五塊，五個手工餅乾三塊，都以成本價來販售。

就在我準備回到基地的路上，阿姑呆從後面叫住了我。

「你們先回去吧，順便幫我點一杯冰拿鐵跟今日點心。」我對馬仔他們說。

我回頭看向阿姑呆，他的手上還沾附著乾掉的褐色血漬。

「怎麼了？」我說。

「我知道是哪一隻鳥捲進飛機裡。」阿姑呆朝我擠眉弄眼。

「唬爛，牠們都長一樣。」我回應。

阿姑呆搖搖頭。「我這陣子在島上散步，發現這些候鳥群中有一隻鳥的翅膀明顯受傷了，牠起飛後會不穩的晃著，像缺少重心。剛才我第一個跑到機場，看到所有的鳥被槍聲嚇飛時，都是正常的在空中飛著，所以我知道就是那隻翅膀受傷的鳥捲到發動機裡。」

「你觀察力真敏銳。」

「搞不好那鳥是故意這麼做的，否則牠沒辦法順利跟著其他同伴遷徙到下一個地點，孤零零的。」

「幹你娘想太多，走啦去喝咖啡，幾杯我都請你。」

我說完後就往基地大門的方向走去，卻聽到阿姑呆在後頭喃喃自語著。

「韋德就算退伍，也會開一家甜點店的吧。」

韋德是那個負責做咖啡的軍人。

我突然懷疑鳥群在死之前也將我們釣魚時討論的那個話題帶給了阿姑呆，不然他不會講出關於動物自殺的言論。

一隻翅膀受傷，失去重心的候鳥，如果害怕再不能融入集體，也許真有可能會一頭衝向高速旋轉的發動機中。

到了休假那天，島上並沒有再出現任何狀況。

隨著鳥群的死亡，缺少了傳播媒介，阿姑呆即將退伍的事也無人再提起。

放假那天，七點的時候大王廟傳來固定的鐘聲和沉悶的鼓鳴，我起床時看到阿姑呆早已坐在床上，將深藍的制服摺疊方正，然後一個人默默地走去倉庫。

軍人的放假時間珍貴，大多數人都會選擇花多一點的錢坐飛機而不是搭船。

當天早餐我們是不太吃的，準備回到臺灣後再悠閒的吃點懷念已久的食物，配上一杯營養零分的手搖飲料。

休假的行程幾乎成了上飛機前的共同話題。

「我要跟朋友去苗栗露營。」小邱說。

「幹，難得遇上一次鳥擊，當然也要讓女朋友知道鳥擊的可怕。」馬仔挑著眉一手抓著褲襠。

我通常也會問阿姑呆有什麼活動，但看到他落寞的收拾衣櫃裡的東西，我不敢問。

分隊長照慣例對大家講著簡短的離營宣教，這一次他特別強調弟兄們絕對不要輕易酒駕，切勿以身試法。

飛機抵達高雄小港機場只需要七十分鐘，這段時間我們通常用來補眠或是聊天。

我的位置在靠走道的那側，阿姑呆坐在我的旁邊，他拄著頭不發一語，看著窗外的景色。

廣播在快要抵達機場前響起。

「機長廣播：高雄小港天氣報告，地面能見度一萬公尺，稀雲一千呎疏雲兩千五百呎，溫度三十二，露點二十七，使用九跑道，距高雄小港機場四十五浬，預計十五分鐘後抵達。」

又過了十分鐘，我們能清楚感受到飛機的速度減緩且正在下降，並可以看到黑點般的人群。

就在飛機離地大約兩百呎的時候，阿姑呆終於開口了。

他先用頭去撞玻璃，一下兩下三下，然後大喊。

「鳥擊！鳥擊！」

所有放假的弟兄將視線移到阿姑呆身上，大夥笑了出來。

「這個阿姑呆啊！」有人竊竊私語著。

撞擊力道輕微，我卻感覺那厚重玻璃真的要破了。

飛機順利降落，所有人迫不及待地走出去呼吸本島的空氣，也立刻拿起手機在上頭或按或撥。

阿姑呆下了飛機後便杵在那不動。

我走向他，對阿姑呆敬禮。

阿姑呆微笑地盯著我。接著他伸出右手，將我敬禮的那隻手壓下。

「已經不在軍中了。」阿姑呆說。

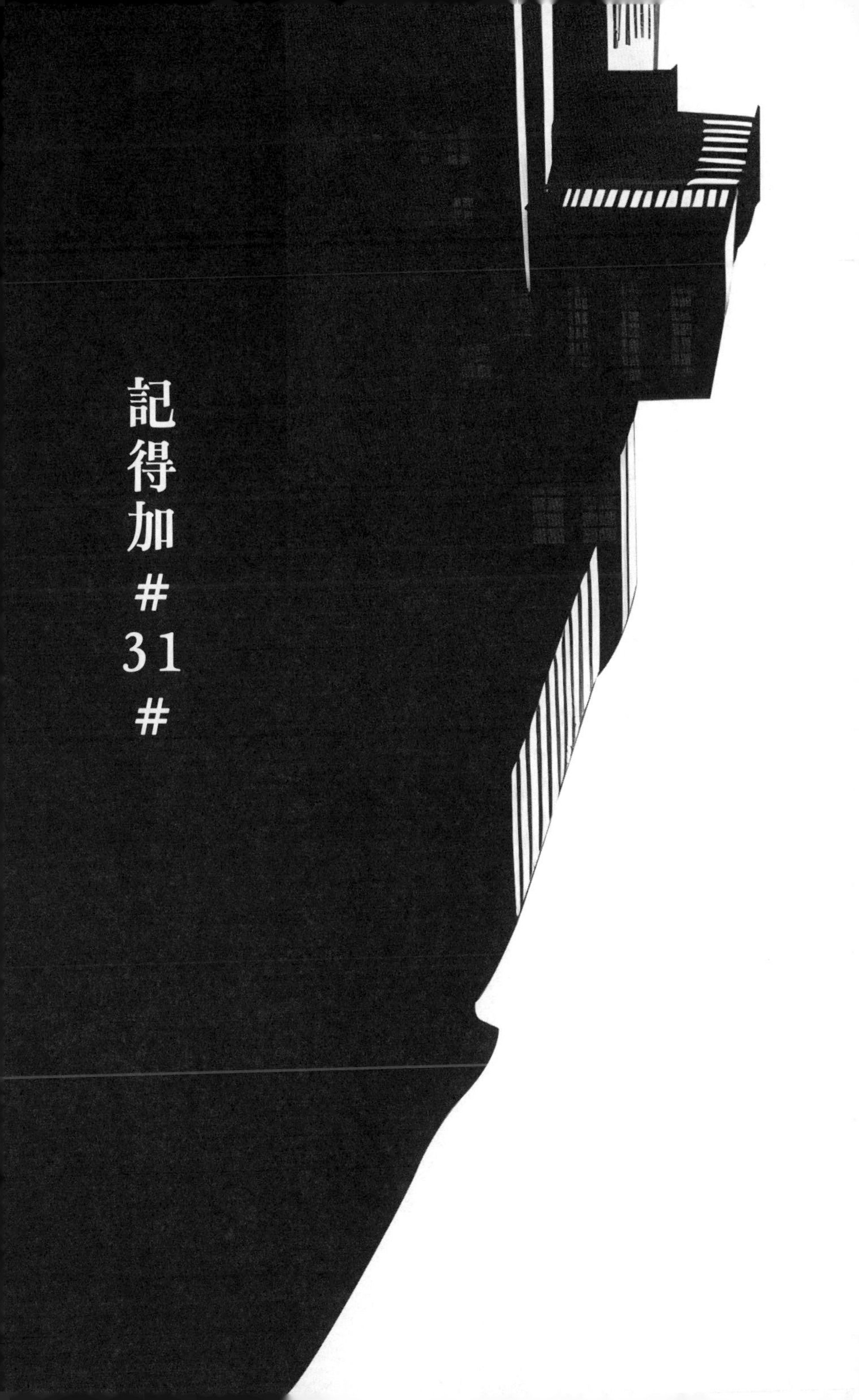

記得加#31#

如果今年的清明依舊是燠熱的暖冬，皮蛋可能就不回去掃墓了。

他還記得十九歲的七月，母親在晚上十點多打來一通電話，告訴皮蛋「你要好好活著，知道嗎？」那時候皮蛋還沒有開始飼養馬柏，否則他就知道這句話是母親最後遺留下來的一截尾巴。

隔天皮蛋從宿舍趕回彰化老家，聽聞母親是在火車站附近的一間小旅社燒炭自殺，即使本體沒了氣，但那截尾巴似乎在皮蛋的耳中腦內都活得好好的——三年來都是。某種程度來說也是一種華麗的斷尾求生。

掃墓的地方位在秀水，去年皮蛋的伯父從靈骨塔走出來的時候手上拿著一張紙條，上頭寫著三組數字，分別是皮蛋的女阿祖、阿嬤，還有母親的塔號，伯父告訴皮蛋等等燒香的時候要在心裡唸出這三組數字，搭起橋梁，告訴他們你是馬家的誰，今天帶東西回來看你們了。

皮蛋覺得靈骨塔簡直就是一座給死人住的超大型公寓，好險都是單人房，否則阿祖跟阿嬤，阿嬤跟母親，就連死了都可能要面臨婆媳問題。

所以皮蛋也很不理解：這是個就連死人都能叫號取餐的年代了，怎麼父親的思想就好像纏在一座鏽蝕路標上，這裡通往對，所以那裡只能是錯。

什麼是錯？除了衣物，在身體或毛髮上鑲嵌、渲染任何額外的東西都是錯。染髮、戴戒指就算了，因為頭髮會再長，戒指隨時都可以拿掉，父親睜一隻眼閉一隻眼，可刺青就不是這麼一回事了，所以當皮蛋打電話給父親，說他在右手上刺了青，穿短袖就會看到那圖案的一小塊下緣，父親在電話那頭沉默了幾秒，然後重重的嘆了一口氣。

「一定要搞這些有的沒的嗎？其他人看到會怎麼想？」父親說。

「我又不在乎其他人。」

「你哪來刺青的錢？」

「紅包跟打工存的一些。」皮蛋如實回答。

「為什麼錢就不能用在更有意義的用途上？」

「就是覺得這圖案對我有意義才刺的。」

「所以它可以有什麼實際的功用嗎？乾乾淨淨的不是很好嗎？」父親在電話那頭訓斥著皮蛋，主要都是講刺青會給人不好的觀感。

皮蛋打斷父親。「我很不想這樣說……我知道其他人會怎麼想，可是我一樣是我啊，不會因為刺青而整個人變了。」

「刺青是一輩子的，我看到就覺得很不舒服。」父親的語氣有些不悅。

「你當初也說媽是你一輩子的人。」這句話最後還是卡在皮蛋的喉頭沒說出。

皮蛋與父親在電話那頭爭執了十幾分鐘，仍沒辦法達成一個共識，最後他索性丟下一句話就將電話掛斷了。

「我知道了，你看到會不舒服，也怕別人覺得你兒子變了，那我以後只在穿長袖的時候回家。」

這是氣話，可是皮蛋清楚他做得到，絕對是一種遺傳，就像那個晚上，父親也賭氣叫母親不要再回來——父親就真的讓母親站著走出門，最後躺著送回來。

從那之後血緣關係就霧化而疏遠了，父親同樣也不能理解皮蛋的想法，只覺得皮蛋變了。

馬柏一年前住在皮蛋的套房外的陽臺，起初皮蛋沒特別去理會牠，只是偶爾要走去抽菸時會被牠貼在落地窗的灰白腹部給嚇了一跳，說也奇怪，馬柏明明可以爬去地方，但牠寧願每次在皮蛋要抽菸時快速躲到角落，也不願意離開陽臺。

皮蛋告訴米亞，有隻壁虎他媽的一直躲在陽臺那，不爬去其他地方。

米亞躺在床上，她將內褲和胸罩穿上，慵懶地滑著手機，告訴皮蛋這又沒什麼不好，牠會幫你吃蚊子跟小蜘蛛，還有蛾之類的，真的不喜歡就拿掃帚把牠攆走就行。

手機鈴聲突然響起，米亞接起電話後「喂？」了一聲，兩秒後又掛掉電話。

「誰啊？」

「不知道，最近很多這種接起來就掛掉的電話。」米亞說。

後來皮蛋決定正式飼養馬柏，因為他覺得壁虎早上都會發出像鳥叫一樣的聲音，以這個功能來說就像鄉下人會養雞一樣，況且應該不需要負擔什麼伙食費，也不用帶牠去散步之類的。

米亞看到皮蛋將馬柏飼養在小盒子裡，晚上還會刻意打開落地窗讓蚊子飛進來，活捉之後丟給馬柏，只是皺了幾下眉頭，並沒有說太多。

主要是皮蛋覺得，既然那隻壁虎這麼喜歡這裡，那就好好照顧牠。

馬柏的名字由來是因為皮蛋剛好姓馬，加上他抽菸的牌子是萬寶路，英文叫Marlboro，就取了一個簡稱，也挺有家人的感覺。

皮蛋有上網做過功課，知道壁虎膽小，所以每當他要丟食物進去時總是小心翼翼的不讓自己的手掌太靠近馬柏。

即便如此，一年來還是因為清理盒子，或想要跟馬柏培養感情，所以伸手試圖讓牠爬到自己手上，偶爾也會檢查馬柏到底是不是還活著而去抓牠，這些舉動讓皮蛋總共看過馬柏三次的斷尾求生。

皮蛋每一次都將那截還在扭動的尾巴擱在馬柏面前後喃喃自語。

「你也太不夠意思了，我對你不好嗎？」

「看一下吧，這東西是你的，還很新鮮呢。」

等到斷尾不再跳動後，皮蛋就拿夾子將尾巴扔到陽臺外，像平常亂丟菸蒂那樣。

皮蛋這輩子沒活多久，卻看過不少次斷尾求生，嚴格來說米亞也是皮蛋某次的斷尾求生。

那是皮蛋剛滿十八歲想要打耳洞的時候，他同樣告訴了父親這個念頭。

父親依舊不滿的碎嘴著，最後說了一句：「你是怎樣？性向不一樣嗎？」

皮蛋覺得太荒謬，卻也能理解對父親那樣傳統的大男人，耳環就是只有女人會配戴的。

「所以你的意思是……要是交女朋友後就可以穿耳洞了嗎？」

皮蛋跟米亞交往的第二天他就在左耳骨上打了耳洞，鑲起兩個黑色的迷你圓型耳環。也是那時皮蛋決定，之後不管要在皮膚上動什麼把戲都只能先斬後奏。

皮蛋也知道會斷尾求生的不只馬柏跟他自己，所以當他一個多月前沒有先告知，而是跟著陌生人一起進到米亞的公寓後，皮蛋其實是能夠理解的。

他走到了六樓，看到米亞的房間外有一雙駝色的高筒鞋，裡頭傳來男人的聲音，他敲了敲門，裡頭的交談聲頓時凍啞了空氣。

皮蛋對那名裸著上半身的男子點點頭，請他先離開，反正之後會有很多機會陪米亞。「現在先借一點時間給我。」皮蛋說。

皮蛋踏進房間後就站在門邊，用宏亮的聲音呼喊米亞到他身旁，邊拿起手機輸入著什麼。

「上面的字唸給我聽……別哭啊，哭錯人了吧。」皮蛋又好氣又好笑地說。

「快點，唸出來，大聲一點。」

「隔牆……有耳。」米亞哽咽地唸出皮蛋手機上頭的四個字。

「對，隔牆有耳，什麼是隔牆有耳呢？」皮蛋說完後便戲劇化的將門再度打開，那男人正用耳朵側貼著房門。

「這就是他媽的隔牆有耳。」皮蛋大笑，接著又轉頭對那男人開口。「對不起，不鬧了，我們真的要講事情，麻煩你……」皮蛋伸出手朝樓梯口示意。

男人離開後，皮蛋將門帶上，拉著米亞的手，兩人坐到了床尾。

「我可能沒有多好，但我沒做過背叛妳的事。」皮蛋說。

米亞還是在哭，一邊吐著對不起，一邊解開皮蛋的褲頭，就這樣將頭低了下去，開始幫皮蛋口交。

皮蛋知道這是屬於米亞的斷尾求生，而且很成功，因為他的陰莖還是不爭氣的被舔硬了。

在皮蛋的追問下米亞終於承認，那些她謊稱接通就掛掉的電話其實都是他打的。米亞跟他說過，如果她沉默超過三秒，就代表現在不方便。

皮蛋就是那個不方便。

跟米亞分手後皮蛋沉淪了好幾天，他沒有再抓蚊子給馬柏，甚至走到陽臺抽菸時會一腳踢開盒子，馬柏不安的蜷縮在盒內角落，不斷發出啾啾的聲音。

隔天，皮蛋走到陽臺時發現馬柏不見了，那個被踢倒的盒子，上頭的藍色塑膠蓋不曉得是鬆弛，又或者是被馬柏找到一絲空隙後鑽走了——如果馬柏有危機意識，知道不適合留在那了。

馬柏消失了，只留下一截仍在扭動的尾巴。

「可能就那麼巧，是幾十秒前逃走的吧。」皮蛋心想。

睡完午覺後，皮蛋又走到陽臺抽菸，覺得有點對不起馬柏，當他下意識朝空盒瞥眼的時候不禁皺起眉頭。

他低頭看向手錶，又拿起手機確認上頭的時間——早上到現在已經過五個小時了。

皮蛋用左手食指彈掉菸蒂，仔細地蹲下來查看盒子內。

他沒有眼花，馬柏的那截尾巴還在持續跳動著。

皮蛋曾經在網路上看過一篇有趣的文章：在日本，有人養的家貓走失了，於是主人就對著附近的野貓請求，說正在找某隻貓，而野貓們便會彼此傳遞訊息，最後傳到那隻家貓耳中，於是在某一天，走失的家貓就自己回來了。

更弔詭的是文章底下居然還有許多網友留言這是真的，他們也試過並且靈驗。

米亞雖然騙了皮蛋，但那陣子皮蛋確實也接過不少電話，上頭顯示未知的號碼，並且都是接起來後對方就掛斷了。

其實皮蛋每次都期待電話那頭會突然出聲，就像熱心的野貓一樣，是米亞請其他人來幫忙找回皮蛋，米亞跟父親一樣都在等他回家。

只不過希冀永遠是落空的，空盪盪像違背物理原則，落空明明有個落字，怎麼到底卻沒了聲音。

違背物理原則的還有馬柏的尾巴。

照理來說壁虎的尾巴頂多存活一分鐘罷了，可是從皮蛋發現的那個上午，到現在已經是第三天了，馬柏的尾巴依舊在蠕動著。

皮蛋將那小盒子拿回房內，他端坐在盒子前細看，尾巴的蠕動幅度好像有越來越稀薄的趨勢，現在他要將那截尾巴放在指尖，才能感受到像懷胎的血肉偶爾才會傳來生命躍動的證明一樣。

尾巴好像要消亡了，皮蛋覺得他得做點什麼。

如果說壁虎斷掉的尾巴會再生，那有沒有可能反過來，這截尾巴會重新長出完整的馬柏來呢？

皮蛋決定要試著飼養壁虎尾巴，他想到的是國小的綠豆實驗，於是將衛生紙鋪滿盒子的底部，在上頭倒了一些水，是超商賣的比較貴的那種，號稱海洋鹼性離子水。皮蛋將尾巴輕輕地擱在上面，看它又扭動了起來，然後關掉房間的燈，因為壁虎在黑暗空間的活動力比較強。

皮蛋想起母親對他說過的最後一句話：要好好活著。什麼是好好活著呢？像現在馬柏的尾巴這樣嗎？拚了命在沒有光的牢籠裡留下一點掙扎的痕跡。可能母親說錯了，好好活著是種奢侈，像可遇不可求的捷徑，努力活著才是條恆遠的道路，即便不知道會通往哪裡。

高中時，皮蛋在房間內會被父親夜歸又沉重的腳步聲給吵醒，那頻率大概是一個禮拜有兩、三次。

父親回到房間沒多久，母親的低語聲就會湧起。即使母親刻意的降低音量，但兩房間的間隔依舊近到他只要專心聆聽，何況母親的音量會隨著父親的態度而逐漸發芽抽高。

皮蛋聽過母親像蓋章似的在父親身上烙下許多重話。

「憑什麼我要這樣被你對待？」

「你有看到隔壁的那條黑狗嗎？我覺得我跟牠一樣，被拴在籠子裡面還要搖尾巴。」

皮蛋聽過母親講得最冰也最輕盈的話是：「乾脆永遠別回來了。」後來他才發覺，原來母親的那句話不是對父親說的。

他們的爭吵還有一個ＳＯＰ，總是在父親草率躲避母親所有的質問後，兩人就再沒傳出交談，緊接著是母親在房間、走廊來回踱步的嘆息聲和啜泣聲。

皮蛋試過幾次，在他們爭吵的頓點時故意製造一些聲響，咳嗽、捶打牆壁或木頭床腳，甚至毫不掩飾地開門走去廁所，或是撥打給母親的手機後馬上關掉。

那些爭執聲每一次總在皮蛋做出這些舉動時而被迫劃下休止符。

可是後來皮蛋再也不發出任何聲音了，因為他發現只有裝作沒聽到這一切，隔天父親跟母親才會繼續在皮蛋面前展示和諧的一面。

所以說，有時候發出聲音，透露自己的存在並不見得是一件好事，反而會抑制某種東西自然的滋生，跟馬柏的尾巴一樣。

馬柏的尾巴像被施展了魔法，在泡水的衛生紙團上慢慢的茁壯了起來，起初只有約莫三公分的尾巴，現在已經變長不少。

皮蛋每天買新的鹼性離子水，也把一些蚊子捏死後緊壓在離尾巴最近的衛生紙上，覺得蚊子屍體會讓水更營養點。

開始飼養壁虎尾巴後一個禮拜，皮蛋在半夜的時候突然聽到桌子那頭傳出極細微的聲響，像把手錶緊貼在耳旁才能聽到秒針運轉的音量一樣。

嗒，嗒，嗒。是鞋底踩在潮濕土壤時所發出的黏稠感。

皮蛋起身，摸黑走到桌子前按了下檯燈的開關。

他朝盒子內注視——現在有兩隻後腳連接著馬柏的尾巴了。

所以那應該是馬柏的後腳在衛生紙團上踩出的聲音。馬柏的模樣極其詭異，一隻失去了從頭到腹部的壁虎，卻從尾巴那端生長出了後腳，並且剛才正在移動著。

皮蛋就那樣拄著頭，盯著馬柏大概有半小時。

但馬柏卻沒有再用牠那新生的後腳移動，滯留在原地，看起來完全不像個還有生命的物種。皮蛋想試著用手指去戳弄，但他怕五分之二的馬柏還太脆弱，會因為任何外力觸碰而唐突地死去。

後來皮蛋想通了，於是關掉檯燈，繼續躺回床上。

果然沒多久，盒子內又發出了喀喀聲，甚至還有尾巴輕拍塑膠盒的聲音。

跟父母親的爭吵一樣，一旦皮蛋發出任何聲響，或是開了燈，馬柏的所有動作都會戛然停止。

好像所有的人事物都是如此，於剎那的瞬間潛入了光與影的縫隙，抓住了肉眼所不能及的焦點，然後產生變化。

改變都是這樣發生的。

皮蛋從來沒想過自己會這麼做，但他在陽臺上思索了許久，最後還是敗給自尊心的加了#31#。

「喂？」電話那頭是熟悉的女聲。

「……」皮蛋封起呼吸，不發出任何聲音。

常理來說，罪惡感往往奔隨在快感之後，像射完精會有點空虛，像歡慶而人散之後，孤獨的重量便會在空蕩的房間裡加乘。

但這次卻不是，罪惡感讓皮蛋立刻按下結束通話，他就像個調皮的小孩，可是米亞的聲音讓他覺得惡托邦的酸瘠土壤也能結出一朵花。

網路上有人解釋，那些一接就掛的電話其實有其目的，是為了要確認這個亂數撥打的號碼是有人使用的，蒐集大量的用戶後便可以轉手，給那些需要電話推銷的公司，如汽車貸款、保險等等。

而＃31＃的事是阿粱告訴皮蛋的。

「如果不想讓別人看到是你的號碼，就在電話前加上＃31＃後再撥出，那樣對方的電話上頭就會顯示未知號碼。」

那一天皮蛋就撥打了三次加上＃31＃的電話給米亞，他好想把馬柏的事告訴米亞，告訴她馬柏只留下一截尾巴，但依舊好好的活著，今天早上甚至發現灰白的腹部也長出來了，可能米亞不會相信，就像皮蛋也不相信自己會為了想聽米亞的聲音，即使只是一個單詞，也要輸入＃31＃。

皮蛋說分離的時候是刀口朝下的果斷，忘記發酵後會那樣的膨脹濃厚強烈。

馬柏的腹部讓皮蛋想起跟米亞做愛的場景，皮蛋只要戴套就會軟掉，所以每次總在感到一陣電流般顫抖著陰莖的同時快速拔出，然後將體液虛擲在米亞同樣白皙的肚皮上。

「喂？」

「嘟——嘟——」

皮蛋也想告訴米亞，他甚至想念那個在米亞腹內短暫出現過的小生命，那時他跟米亞商討得很快，只是最後皮蛋在手術房不敢去看那團模糊的，屬於他們兩人也是模糊的共識。

離開醫院後，皮蛋帶米亞去鄰近的夜市裡吃藥燉排骨，過程中兩人只有簡單的對談，例如問米亞要不要再點個燙青菜，而米亞只是搖頭咕噥了一聲。那是一年半前的事。

「喂？」

皮蛋不講話的舉動就跟馬柏現在進食的模樣雷同。

二分之一的馬柏感受到有個東西掉在牠的周遭，牠還沒有眼睛、鼻子、耳朵，不知道是依著何種本領，總之用腹部挪著後腳，用後腳拉著尾巴，移動到小蜘蛛的面前，接著挺起像圓形火腿般的腹部斷裂切面，就這樣壓著那隻蜘蛛，馬柏無法咀嚼，但牠維持那副石化的姿勢，好像汲取著什麼隱形的能量一樣。

靜悄悄的，看起來什麼都沒做，但皮蛋知道他跟馬柏都試圖在抓住些什麼。

父親鮮少主動打電話給皮蛋，對於兒子的關心往往揭露在皮蛋查看戶頭餘額時發現又多了幾千塊，僅此而已。

所以皮蛋知道這通電話是有事要說的，那之前的問題只需要草率回答。

「在做什麼？」

「吃飯。」皮蛋說。

「……最近錢夠用嗎？」

「嗯。」

「都有正常去上課吧？」

「有。」

「下下禮拜掃墓，有要回來吧？」

皮蛋心想父親終於講出關鍵句。

「會。」

「喔，那沒什麼事了。」

皮蛋在父親要掛掉電話前突然想起了什麼。

「爸，我出生後是過了多久才會爬的？」

電話那頭一陣沉默，過了一會兒父親才開口。「不知道，忘了。」

皮蛋聽完父親的回答後便將電話掛掉。

母親告訴過皮蛋，在他剛學會爬行時，父親下班後的第一件事情就是跪坐到地板上，兩隻粗壯的手成為了前腳，歡愉的在皮蛋面前示範爬行的標準動作。右前腳往前撐出一步，左前腳跟著擺動，挪動腹部，最後讓兩條後腳拖移。母親說她第一次看到父親用四隻腳爬行的時候是比用兩隻腳站立還快樂的。

可是那時候的皮蛋太小了，大腦管理記憶的額葉皮質功能尚未運作，所以他一直不清楚這件事情到底是真是假。

母親走了，父親只講了一句不知道，皮蛋大概永遠不知道自己是什麼時候學會爬行的。

所以他記錄著馬柏的進度，馬柏長出前腳開始正常爬行的時候是第二十二天，牠的軀體已復原了四分之三，已經會用前腳快速的壓住奄奄一息的小昆蟲，只不過進食的方式依舊是單純地將脖子抵住食物而已。

皮蛋不知道壁虎耳朵的確切位置在哪裡，但感覺就快要長回來了，連同那好久沒聽到的啾啾聲，應該也要能發出了。

第二十三天的時候父親打電話來叫皮蛋要回去掃墓，他答應了。

結束與父親的通話後，皮蛋立刻又撥打了一通加上#31#的電話。

「喂？」

「媽，剛才爸打給我，說下下禮拜要去看妳。」皮蛋深怕對方掛掉電話，於是一口氣將想講的都講完。

「妳說爸以前比妳還疼我，我雖然沒有任何印象，但沒有看過或不記得的事不一定代表沒發生，對吧？妳給我的壁虎尾巴我有好好的照顧牠，牠好像一直在成長，可是總在我沒去注意的時候發生變化，妳也說過爸變了……我不是要幫他講話，只是覺得他可能還是愛妳，但我們也都看不到。」

皮蛋終於講完了。

「不好意思……打錯電話了。」對方這麼回答。

皮蛋知道他其實沒打錯電話，只是母親先前的手機號碼不知道在某一天就被這個男子註冊走了。

那也沒關係，其實這些話是皮蛋想對父親說的，在那則網路傳聞中，請求的對象都是野貓吧，那個男子可能會跟他的朋友們講：有一個人打錯電話就算了，還講了一堆奇怪的話。

然後這些朋友會繼續跟朋友講，最好能一直無限循環下去，抵達的終點是父親的耳朵。

皮蛋伸手輕摸馬柏，馬柏的四隻腳也馱著皮蛋爬啊爬，撿回那些遺落下來但沒人注意到的碎片，他覺得馬柏就算長不出嘴巴也沒關係，有時候只需要耳朵就夠了。

皮蛋希望馬柏能夠再斷一次尾巴，那股強烈的渴望出現在馬柏的頸部長出一團尖圓似花朵的迷你蓓蕾的時候。

皮蛋認為跟人講電話是這樣的：在對話之中兩人分別輪流扮演著嘴巴與耳朵的角色，眼睛倒不是那麼重要了。

他再度撥出了電話，反正看不到米亞也沒關係，能聽就行，運氣好的話還能從周遭發出的聲音來推論米亞在做些什麼，又或者是身處何方。

「喂？」

「……」

這次米亞的聲音聽起來有些疲倦，導致皮蛋比平常晚了兩秒才決定要按下結束通話鍵。

可能就是遲疑的這無聲兩秒讓米亞聽到了什麼。

「你到底想跟我說什麼呢？」

出乎意料的，米亞對沉默的皮蛋講了這句話。

是太順手了嗎？皮蛋不確定自己有沒有加上＃31＃。

「還是不開口？我要掛掉了。」

「等一下。」皮蛋下意識被逼得從耳朵的角色跳成嘴巴。

「嗯，我在聽。」米亞說。

洩洪了，皮蛋傾倒了上萬噸，像對著擁有母親手機號碼的陌生人一樣，把他這些日子以來發酵而成的感受都告訴了米亞，而米亞只是靜靜地扮演著一隻耳朵，像森林裡潮濕樹幹底下的蕈類一樣。

「我們還有可能嗎？」皮蛋問。

米亞遲疑了幾秒才回答。

「應該沒辦法吧，我覺得你變了。」

「變了？哪裡？妳說，我就改。」

「我不清楚，但以前你不是這個樣子的，不會用愉悅的表情講出那些刺人的話，還有很多。」

「……妳也變了。」皮蛋的反駁像膛室內擊發不出的子彈。

「對，我也變了。你還想說什麼嗎？」

皮蛋突然想講點別的，與感情越無關的話題越好。

他告訴米亞：馬柏消失了，只留下了一截尾巴，他將那截尾巴飼養得很好，並且現在長回了幾乎完整的軀體。

還有包含馬柏爬行時的聲音，他是如何用鹼性離子水灌溉牠，以及馬柏頸部冒出了一球蓓蕾的模樣……

米亞沒有打斷皮蛋，這反而讓皮蛋覺得米亞認為他在鬼扯，只是想拖延通話時間而已——可他說的都是事實。

皮蛋講完有關馬柏的一切之後，米亞只是冷冷的回覆他。

「老實說我挺喜歡你把自己比喻成幻想出來的斷尾……好吧，就算是真的，新長出來的壁虎也不是馬柏了吧？」

這句話讓皮蛋徹底的萎縮了。

是啊，他一直把那條詭異的斷尾當成是馬柏，其實自己冥冥之中也變成了那副討厭的模樣，對父親總態度冷淡，對米亞也只是不想要失去熟悉的習慣而已。

皮蛋想到自己荒唐的行為，飼養尾巴就好像修補與父親和米亞的破碎的關係一樣，可沒人看到，都還認為皮蛋依舊停留在那一截斷掉的尾巴。

就連皮蛋自己也沒親眼看過尾巴的生長過程。

沒人看到，但有人聽到，只是都讓＃31＃給奪走了。

馬柏呢？牠現在在盒子裡，似乎歪著頭——如果那勉強算是頭，看著皮蛋的方向。

會不會牠的耳朵早長出來了？

米亞說得完全正確，那不是馬柏。

但皮蛋相信壁虎就是馬柏——只要最後的蓓蕾還沒長出來前都是。

所以他決定拎起盒子走向陽臺。

將壁虎從盒子內倒出，皮蛋蹲下，不斷用手指去戳弄馬柏，甚至按著牠的腹部，模擬醫生殺死他不小心遺留在米亞體內的生命一樣，馬柏的尾巴也是被遺留下來的。

馬柏不停掙脫，牠沒有眼睛，所以撞到陽臺的牆角後才知道要轉彎，然後又是一頭撞上另一端的牆角。

皮蛋乾脆用食指和大拇指抓起馬柏的尾巴，讓牠在空中懸掛。

他也出力緊捏，可是馬柏的尾巴像上了膠，不管皮蛋怎麼凌虐牠，尾巴就是沒辦法斷掉。

皮蛋看著喪失斷尾求生能力的馬柏，不斷逃竄抖動卻始終離不開尾巴，他突然好想哭。

＃31＃也是皮蛋的斷尾求生，但已經沒有用了。

他把馬柏甩到地上，站起身，右腳抽高，朝角落的那團小蓓蕾踩去。

今天依舊炎熱，明天就是清明節了，自從上次那通賭氣的電話後，父親也沒有再打給皮蛋過，皮蛋好像被世界遺忘一樣。

他打電話給父親，提醒自己千萬記得加上＃31＃。

「喂？」

「……」

皮蛋遲遲未掛掉電話，這次凝滯的時間遠比打給米亞的那次還增上許多。期待父親會在那話那頭認出皮蛋，對他說聲「回家吧」。

「喂？」父親再次發出了沉悶的嗓音。

又過了兩秒——「嘟……嘟……」

皮蛋將手機收回口袋，父親大概永遠不知道那個刺青的圖案了。

他把馬柏刺在右手臂上，讓牠以新的形態繼續好好活著，壁虎身體藏在短袖內，只露出一截尾巴，模樣是皮蛋記得要加＃31＃的醜態，但他回想不起來那三組房號的數字分別是什麼，就連母親的那組都遺忘了。

皮蛋撫摸著那條尾巴，告訴自己必要時某些東西依舊得捨棄——它們不是不重要，只是本體藏匿在一處安心的陰暗底下而已。

千尋是怎麼找出她爸媽的

一、沒有回頭

西西說他也不是Gay。

鬼才相信。

不曉得你們有沒有玩過某個小遊戲，以三張紙條分別寫出自己的名字、在哪、做什麼，然後蒐集全班的紙條後分別放到三個箱子裡，再由每個人輪流抽出三張紙條。

隨機排列組合下，總會拼湊出很合理或很荒謬的句子，例如：周以鈞／在臺北／迷路；西西／在摩天輪裡／被肛交。

這真的很荒謬，沒想到我最後還是跑來臺北找工作，然後被捲入單行道與雷同路名的漩渦，只能反覆將機車停在路邊掏出手機看導航。

爺會因此罵我。「你小子腦袋不好使啊，饅頭大的臺北都嘸不下去。」接著又開始說起他以前是怎麼跟著五十二軍的第二師團長，在重慶歷經好幾天的波瀾行軍之路，除了人，看到任何有腳的東西都能抓來果腹。

奶奶叫我別理那老頭，活在過去的人才是真正迷路。但她還是秉著耐心，無微不至照顧著九十歲的爺，早餐準備辣腐乳與饅頭，晚餐也三不五時就出現爺愛吃的麵疙瘩並杓上一匙紅油。

知道我要上臺北後，母親提議可以去爺的家住，一方面省房租，一方面也可以幫忙照顧爺——爺身體雖然依舊硬朗，但幾年前的記憶力像是瀑布般垂直落下，阿茲海默吧，早晨出門買報紙，兩小時後人沒回來，倒是奶奶接到了警察的電話，說爺走錯了家，還罵對方王八羔子要他滾出去。

河水挾帶著葉啊枝啊，幾經沖刷打轉後抵達平穩的下游，漂浮的腐葉爛枝大概就是爺從前生在中國的記憶，我也能理解為什麼爺的記憶力日漸衰弱，還可以罵我在臺北迷路何其丟臉，畢竟這裡諸多街道都是參照著中國各城市的方位來命名。

七十年前爺在重慶行軍，弄丟了愛人；七十年後我倒是在重慶南路上，找到了西西。

我把在臺北迷路卻巧遇西西的事，告訴了那些一起霸凌西西的國中死黨們，他們不約而同地說因為我也是 Gay，冥冥中這就叫注定、緣分、牽引。

「但他又好像不是西西。」我說，並懶得再次爭論我不是 Gay 的事，反正我知道自己是什麼就好。

「不是西西是什麼意思，你有叫他嗎？」死黨A問道。

「有啊。」我說。

但西西沒有回頭。跟爺一樣，跟我一樣。

踏進辦公室前，我總依循著一套自己發明的電梯占卜，用以衡量今天是否順利。

公司是棟位在仁愛路四段上的商業大樓，總共有十四個樓層，如果我走到電梯前時電梯停在四樓以下，這就是小吉，反之如果超過八樓，就是小凶。

隨著其他上班人潮步入電梯中，如果又有人恰好按了公司所在的七樓，小吉變大吉；而如果在我按下七樓後，又有一隻該死的手按了六樓，小凶變大凶。

七樓到了，大凶之日我一踏進辦公室的門口，阿豐便朝我擠眉弄眼，對我比了個噓聲的手勢，說他又發現了一個祕密，那就是公司的美編儀彤其實是鄭成功的後代。

早在我剛進公司沒多久，小主管就說我座位旁的阿豐是個奇葩，他的話你偶爾聽聽就好。
阿豐倒也不是什麼壞人，只是個常傻笑、身材略肥的中年男子，髮上總充斥著蒲公英般的頭皮屑，並且衣櫃裡好像只有黑與藍的衣服。
我拉起椅子，坐下來後也賊頭賊腦地看著阿豐，然後低聲說：「對，我知道。」
我覺得阿豐再老一點就會變成爺的模樣，海馬迴萎縮被世界遺忘，講出來的話只有自己堅信。
阿豐熱愛跟人傾訴祕密，大概五次裡有一回是真的吧，我沒有特別去計算，但肯定不是這次，儀彤甚至不姓鄭。
繁瑣又總沒有結論的會議結束後，我準備到外頭買午餐。下個月就是縣市長九合一大選，街道上不時能看見許多身穿候選人背心的選舉團隊，逢人就發送面紙、小文具之類的文宣贈品。
「您好。」德安里的競選團隊有禮貌的遞給我贈品口罩。
我搖頭，本想示意我根本不是臺北人時，一隻手便代替我接過贈品，還順手多要了一個。回頭一看，是阿豐，大凶。
「免費的你幹麼不拿？」阿豐問我。

「我沒有這裡的投票權。」我聳聳肩。

「又沒關係，發完了他們才能下班啊，喏，給你。」阿豐將口罩塞進我的外套口袋中，然後他若有所思的接著說道：「再跟你說一個祕密，在臺北如果有人從背後叫你……」

「怎麼樣？」我停下腳步問道。

「你都不要回頭。」阿豐瞪大了雙眼並指著我。

「臺北這麼熱鬧，鬼也一籮筐？」

阿豐噗哧一聲笑了出來，我居然有點不爽。「不是啦，因為通常都是怪人，你一回頭，就中了他們的圈套。」

怪人。嗯，我看著阿豐，怪人一枚。

不要回頭。我突然想到那時在重慶南路上叫住西西，他沒有回頭是因為阿豐這次說的祕密是真的，又或者只是西西從前被我們惡整太多次，本能似地抗拒回頭。

喂！西西！你看這裡有隻鯨魚。西西回頭後，朋友嘴巴含著一大口水往他臉上吐，我們笑得東倒西歪。

「喂！西西！你怎麼在這裡？」那天在路上找到難能可貴的停車格後，我叫著西西，看到他身體抖了一下卻沒回頭，我便大剌剌地走到西西正前方瞪著他。

「講話啊，他媽的裝死喔？」我叫罵著。必須說我其實是個很少罵髒話的人，但不曉得為什麼，面對西西時我沒有辦法克制。

西西皺著眉頭看著我。

每次我們霸凌他時，西西的目光只會聚焦在我身上，怎麼那眼神過了十二年都沒變。

「我，不是西西。」他回應。語氣同樣冷靜、溫柔，像水龍頭沒關緊緩慢而穩定洩出的水滴，然後指著身上那件藍背心印著的半身像。

「我是，許銘康。銘察秋毫，臺北安康，口說無憑，請支持只用心問政的銘康。」

西西慢條斯理地誦完口號後，點頭微笑，便從掛在右肩上的提袋中掏出一小瓶銘康牌飲用水遞給我。

在重慶南路上，我跟西西兩人的對話不斷跳針循環。

「你是西西。」「我是銘康。」

「你現在在臺北做什麼？政黨團隊？」「臺北安康，票投銘康。」

「幹，到底是怎樣？」「選做事的人——臺北不一樣！」

放棄跟黨工溝通，我將那罐礦泉水扔回西西的袋子中，比著中指對他說：「銘康去死。」

正當我自討沒趣，轉身打算離開時，突然聽到西西在背後悠悠地說了句：「四點半，休息。」

「在臺北，才可以讓你找到我啊。」西西說。

隱約聽到脫去衣物的摩擦聲，我筆直地繼續前進，沒有回頭，怕一旦回頭就什麼都變了，說出這句話的人不是該死的許銘康，而是西西。

二、重要的東西被調包了

對臺北的印象還沒有被惱人的陰雨連綿和擁擠的捷運人潮給填滿。

小時候跟母親上來臺北找爺，打開門，總看到爺戴著老花眼鏡，在沙發上蹺腳看報紙，見我蹦蹦跳跳的過去打招呼，爺便俐落地將報紙對摺，摸摸我的頭，然後瀟灑地對奶奶說晚上別煮了，上餐廳。

記得那間餐館的名字很夢幻，叫銀翼，有各式各樣的精緻料理：蔥開煨麵、開陽菜心、乾燒魚頭、粉蒸肉、豆沙鍋餅……爺都說這是道地的家鄉味，小鬼頭哪懂吃？但筷子仍然沒停過，且菜一上就先挾到我碗裡。

吃得肚子脹圓，看到奶奶替爺倒了一杯茶，而那時爺布滿粗繭的手還會溫柔地攙著奶奶。

哪來的瘋婆娘要下藥害死我？

找不到臺北的歸屬感，並不是從忘記銀翼餐廳料理的味道而開始腐敗褪色，大概是從目睹爺的手狠狠甩開奶奶，黃色的憶思能膠囊瞬間散落在地，奶奶彎下腰想撿，膠囊卻被一腳踩扁後開始。

「匃他媽的瘋婆娘要死了，告訴妳——拿槍頂著腦袋瓜子都不怕！」爺說。

雖然話語有點自相矛盾——如果那些抗失智的藥物會害死他的話。

爺手裡握的中正式步槍在內戰時沒贏過一場勝戰，大部隊移至臺灣等待反攻那天起，爺也終究沒有回頭，誰曉得落地生根後，那發逃亡的子彈終將輾轉擊中目標。

「你——你過來！」爺指著呆站在一旁的我。

「你是鈞鈞？」爺降低音量，拉著我的衣角，有些遲疑地看著我。

「連我都忘啦。」我點頭微笑說道。

「那她是誰？」爺指著奶奶。

「你的妻子你的愛人呀。」我耐心地哄著爺。

「就扯你個淡！」爺訕笑。

我的愛人在重慶啊，這裡是哪？

奶奶白了一眼爺，嘆了口氣便離開客廳。子彈飛行幾萬公里的威力還是傷人，我怎麼好意思跟爺說這裡是光復「難」。

「爺，復興路再過去是什麼？」我問。

爺閉起眼睛開始思索。「復興完……那得開始建國。」

「那建國的上面呢？」

「建國完了，要能享有民生、民權、民族。」爺有些激昂，跟著講解三民主義的精華時口水噴了我滿臉。

我不曉得這種路名復健法是否真的能治本，但我很確定爺會慢慢變回熟悉的和藹面孔，彷彿在拼湊起回憶的碎片中能找回自己。

爺訴說二次國共內戰的記憶總有真有假，例如他在一九四八年的徐蚌會戰中以一擋百，共產黨的機關槍都拿他沒轍，殲滅了華東野戰軍的一兵團，這個我就不太相信。

我相信的都是些什麼呢？苦的、哀的、慘的，越是屬於遍體鱗傷的歲月，都能在爺的雲淡風輕中感受到幾分沉甸甸的真實，好比他從以前就講過懵懵懂懂入了軍，都還搞不清楚自己是誰，為什麼就莫名的與家人永別，還有他那時的小姑娘。

爺年輕時在中國的愛人到底長什麼樣子呢？我既好奇也覺得悲哀，她如果還活著一定也是張枯萎的臉，但她的青春美貌就這樣在爺的記憶中住了下來，偶爾竄出朝奶奶叫囂著主權，好像奶奶永遠都是假的愛人，是一個被調包過的伴侶。

我也將嘴巴湊到爺的耳邊，小小聲地告訴他：「爺，你重慶的愛人可能認不得你了。」

「那，那就我找出她咧！還能有什麼大問題真是。」爺嗤之以鼻地說。

聽起來如此簡單，而我不過是個就連在臺北都還會迷路的人。

Sissy，意指懦弱的、膽小的人，但對國中生來說都不夠有記憶點，得歧視幾分才會足夠生動。

西西，娘娘腔，死同性戀。

國中生最會學以致用，上完英文課完是生物課，我們都說西西的睪固酮素絕對特別低，或許只有一顆睪丸。

大膽假設，小心求證。

隔天朋友從家裡帶了一顆生雞蛋，以衛生紙包覆，押著他強行一屁股坐上去。報告老師，西西把他的一顆蛋蛋壓破了。

然後體育課前，我們在沒什麼人的教室裡包圍西西，作勢脫去他那件黏稠的褲子搞健康檢查。

「來來來，西西老闆最後一顆鳥蛋怎麼賣？」「我的青春小鳥一去不回來嘿！」

我現在都還記得，那時在拉扯衣物的過程中，西西的肩、腰，乃至於部分的臀肉露出，好白好白，肌肉線條像被一枝貂毛的畫筆所來回勾勒而生。

「皮膚好嫩喔，這麼好摸我快要受不了了耶，怎麼辦啦？」有人這麼說，然後彼此又開始你一言我一語。「喂！西西會不會勃起啊？」「對啊你是不是正在暗爽，還想被多摸幾下。」

接著質問西西你的手毛腳毛都長哪裡去了？會不會連懶叫旁都還是光禿禿的一片。

然後，被欺淩卻始終不發一語的西西突然撥開了那些糾纏著他的眾多隻手。

「你躲在他們裡面。」西西說。沒什麼情緒，眼神無恨，像純粹的獨白。

沒人知道西西是在說誰，但我卻感到緊張，像午休偷睜開眼睛就和導師對到眼，那種沒有說破的指控反而讓我往後退了一小步。

我沒有跟其他人一樣亂摸西西啊。

我沒有摸啊，還是我應該也要這麼做？大膽的去摸，然後也跟著說些挑釁的話，是不是很爽？有沒有硬？

我沒有勃起，可是那裸露的肌膚真的好漂亮。我應該不會勃起。

後來我那群朋友也開始說我是Gay，並不是因為他們發現西西的眼神聚焦於我，而是因為某次英文課時玩的小遊戲。

Who、Where、What，講解這些疑問詞的用法時，老師要我們所有人在三張紙條下寫下自己的名字、某個地點、做什麼事，接著每個人輪流抽出三張紙條並唸出組合。

幾道默契的眼神交流確認後，紙條上總共會多出五個西西的名字，而我則在第三張紙條寫下「變成一個 Gay」。

第一個西西在醫院開派對。緊接著是第二三四五個西西。

西西／在精神病院／烤肉。

西西／在沙漠／游泳。

西西／在火車上／慢跑。

西西／在一〇一／打手槍。

西西的位置被安排在班上的角落，因此他是最後一個上臺的，照理來說最後一張紙條上的人名也會是西西，因為他也會寫下自己的名字。

我寫的那張紙條還沒有被唸到，像是預言家灑下神諭前的雀躍，我叫朋友們好好聽西西會唸出什麼東西。

西西站上臺，他將箱子中最後三張紙條抽出，然後臉部像是痙攣一樣猙獰。

「趕快唸啊，不要浪費時間。」我大喊。
西西看了我一眼，我不喜歡那種眼神。
「周以鈞，在未來，變成一個 Gay。」西西緩緩唸出句子，全班哄堂大笑。
英文課結束後我憤怒地走向西西的座位，他彷彿知道我要做什麼，聳聳肩後把剛才那三張紙條攤開在桌上讓我檢查。
紙條上沒有任何塗改過的痕跡，證明西西不是亂唸，上面的確是我的名字。
我將紙條撕爛，急促地指著西西鼻頭說媽的我不是 Gay。
「那我也不是 Gay。」西西很從容地說。
鬼才相信。
某個人把他的名字跟我的名字調包了，西西則澄清他沒事為什麼要寫我的名字。
爺今晚又在發飆了，鬼吼鬼叫著他要回中國，這裡的人他都不認識，接著喊起一串人名，什麼曹大帥胡黑鬼呆頭傻，要我跟奶奶讓開，甚至走到房間從衣櫃裡拿起那把珍藏多年的寶劍亂揮。
我不喜歡臺北，始終找不到跟這座城市的歸屬感。

好奇怪，在未來要變成Gay的人應該是西西，我卻感覺從那天起，某個重要的東西也被調包了。

三、無臉男其實知道所有祕密

「我有一個同事，每天上班時都很喜歡捏造各種祕密。」我說，這裡的同事是指阿豐。

「例如呢？」

「例如喔……他說老闆私下養了一隻鱷魚，每天都會餵鱷魚吃生雞肉，但其實老闆只是想要把鱷魚養肥後賣給皮包商人。」

「你怎麼知道這是假的？」

「鱷魚耶，換肉率那麼低，怎麼可能啊！」

「意思就是你沒有跟你老闆確認過。」

「有些事情不用問就知道。」

「你們以前有好好的問過我嗎？關於我到底是不是Gay這件事情，還是就像你說的，有些事情不用問就知道。」他說。
「你是 Gay 嗎？」我直截了當地問。
他沒有立刻回答，只是問起更多那位同事所說的祕密。
我回答了好多個。人資小姐其實戴的是假髮、公司以前有點心吧但因為有人在裡面下藥就撤掉了、在淩晨的三點三分有一班神祕的藍線捷運，坐上去的人都消失了、大巨蛋遲遲未完工是因為裡頭死了一批工人，他們的冤魂會找人索命、楊貴媚會在每個月的最後一個禮拜天去大安森林公園散步、萬華的流鶯其實隸屬於邪教組織，打算透過性病讓男人滅絕。
「全都是隨口說說嗎？」他問。
「呃……人資好像真的是戴假髮。」
他笑了出來，眼睛瞇成一條線。我沒有看過他這種樣子，雖然覺得陌生卻蠻不賴的。
「你呢？在臺北多久了？這應該不是你的正職吧。」我問。
「你說這個啊。」他指著許銘康的競選背心。「不是啊，賺點外快罷了。」
看到他要脫掉競選背心，我連忙阻止。如果是跟許銘康坐在咖啡廳聊天，我會比較安心。

「那你來臺北多久了？」他問。

「半年。」我喝了一口曼特寧接著說：「爛地方。」

「你討厭這裡？」

「不喜歡啊。討厭人擠人的捷運、討厭昂貴又難吃的便當、討厭整天下雨、討厭上下班時段市民大道滿滿的車潮。」我一口氣嚷嚷著。

「你不喜歡這裡，為什麼還要來？」

「來就來了吧。」我聳聳肩。

「跟女朋友一起住嗎？」

「我沒有女朋友。」

「都沒有？」

「沒。」我有點不耐煩。

「喜歡是很模糊的兩個字。好多人嘴上說討厭臺北，但還是來這裡生活，你知道他們後來怎麼了嗎？」

「發大財，買房買車樣樣來。」我隨口敷衍著。

「想太多。其實他們就只是融入而已，逐漸成為臺北的樣子，走路變很快，會對陌生人的熱情感到警戒，在路上看到有人對空氣破口大罵也不覺得奇怪。」

「你在跟我聊城市。」

「不是，我在說你是個深櫃這件事。」他邊把玩吸管邊說。

見我沒有反應，他抬頭注視著我。「你不道歉嗎？以前那樣對我。」

「操你媽的。」我苦笑。「國中生就那樣，跟著人群起鬨而已。」

「你覺得，我跟國中比起來有什麼變化。」他問。

「沒什麼變啊，不然我那天怎麼認出你來。」

「錯了。」他搖搖頭。「我變好多，你也變好多，可是你還是能立刻找到我……恭喜你啊，大——深——櫃。」

我沒有回話，只是仔細地盯著他看。

「但就算我是同志，我也不會喜歡你哦！因為你是個可悲的混蛋，我只是希望你趕快找到自己。」

「我不是同志。」我說。

「那我也不是。」他這麼回答。

他站起身，臨走前像是想到了什麼，突然又說道：「你有去過忠孝敦化站嗎？我建議你可以去那裡一趟，但記得要走二號出口。」

「這陣子變得蠻誇張的，我坐在旁邊陪他看電視，他會突然問我是誰，但講完之後過了五分鐘，他又會問一次。」我說。

「有越來越嚴重的趨勢哦，這不太樂觀。」醫生聽完我的說明後，在電腦前移動著滑鼠游標。

「值得慶幸的是爺爺都九十歲了，但看得出來身體還算很健康。目前失智的情形大概在重度，照顧起來會比較辛苦，容易忘記親近的人，甚至會有一些焦慮或妄想的情況產生，可能要反覆詢問並提醒。」

我發現爺到了醫院之後異常的安分，只是靜靜坐著聽醫生講話。

「除了藥物之外，還有什麼方法能治嗎？」我問。

「嗯……這樣說吧，人本來就不可能永遠記住每件事情，五十歲過後腦功能就會開始下降，會有一些澱蛋白沉積，讓腦細胞萎縮，與其要讓爺爺完全康復，我會建議多跟他聊天，從他還記得住的事情裡，慢慢地銜接回現實。」醫生婉轉地解釋，我聽起來像沒救，能打撈多少往事算多少。

我攙扶著爺離開診間，一走出醫院門外，爺又開始聒噪起來。

「他小子是誰啊？怎麼會知道我幾歲。」爺說。

「醫生什麼祕密都知道啊。」

我想上了年紀的人都不喜歡醫院，消毒水混雜著生命衰老的氣息，往來的人們表情總是陰鬱不已，但爺特別不喜歡醫生，我猜跟他以前說過的一個故事有關。

那時候國民政府節節敗退，解放軍在抗日戰爭時就動員了不少農民，成為日後對付國民黨的重要人力來源，大部隊從廣州退到重慶，又從重慶退到成都、西昌。

解放軍在各地打游擊戰，補給不穩的國軍裝備再好也沒用，投降被俘虜、染病傷亡的人數節節上升，而有一天爺的弟兄遭野砲的金屬碎片擊中，整張臉鮮血直流，肉被割下一大塊，送到營區內時氣都快沒了。

優秀的軍醫跟護士幾乎都是日本人，在中日戰爭結束後被解放軍強行徵召替他們工作，國軍內反而沒有什麼專業的醫療人員，爺聽到那名年紀輕輕的軍醫說了句「難啊！」轉頭就去幫其他傷勢較輕的弟兄包紮傷口。

爺氣得找軍醫理論，換來的卻是一句「你以為我想？我是真不行，要不你來吧。」

爺當然不行，目睹他的弟兄呻吟著，嘴裡唸著想回家，半小時後就斷氣了。

爺二十一歲的時候抵達臺灣，他以為臺北不會是永遠的家，誰知道二十五歲時認識了奶奶，從此生根。

西西問我為什麼要來臺北，其實我真的不曉得，老實說我連自己的未來在哪都很疑惑，沒有任何了不起的成就，領著一份尚可生活的薪水，但打從心底知道有個地方好空虛。

西西你知道嗎，你覺得阿豐這個人很有趣，那我也告訴你一個有關阿豐的祕密，就是我去過他家討論工作的事，他家根本不是他說的什麼豪華社區但要跳舞才能通過門口，他的老婆不是會偷吃鳳梨披薩的義大利人，他養的狗也不會學貓叫。

阿豐住在巷弄裡的頂樓加蓋套房，房間大概只有八坪大，地上有幾隻臭襪子，沒有老婆沒有狗，就只有他一個人。我們吃著便當邊討論提案內容，有了結論之後他就說那他要來打電動了。

找到自己——這究竟是多難的一件事。

醫生說要有耐心，反覆詢問並提醒。

「爺，啊我是誰？」我說。

爺搖搖頭。

「想不起來。」他說。

「鈞鈞啊，我是周以鈞，你孫子。」我能說出自己的名字，這算找得到自己嗎？

你是周以鈞，爺複誦，摸摸我的臉頰。我努力擠出微笑，但好想哭。

四、她才是被找到的

畢業典禮前一天，他們想了一個計畫要來整西西，於是叫我去把西西帶到空無一人的垃圾場裡，我說為什麼要叫我，他們說因為你也是Gay，西西只會聽你的。

我隨便編了一個理由，西西沒有懷疑我，但他抵達垃圾場的時候立刻被其他人架住，用外套包住他的頭。

「喂西西！來玩一個遊戲吧，你前面有五個人，其中有個人會揍你一拳，直到你猜中是誰這個遊戲才會結束，可以吧？還是你想要被丟到垃圾桶裡，學校的垃圾桶那麼大，塞一個人進去絕對沒問題。」

眾人七嘴八舌起來，要用揍的還是踹的啊？丟到一般垃圾裡面好了啦，裡面臭得要命。

「不說話，那就當你同意要開始猜囉，還是你要像個娘娘腔一樣大叫，搞不好會有其他老師聽到。」我說。

那時候我有某個瞬間，真的希望聽到西西放聲求救。

「難得要畢業了，開心點呀對不對？」

被包裹住頭部的西西，終於發出微弱的悶聲。

「好，我猜。」

「誰要先誰要先？好啦，不然我先好了。」帶頭的朋友嘴上這麼說，卻從背後推了我一把。

我轉頭看向其他人，他們的表情依舊無所謂，不斷對我挑眉使眼色，用唇語對我說快呀。
見我仍在猶豫，有人將嘴湊到我的耳邊低語：「還是你也是Gay，所以想保護西西？」
我握緊拳頭，深呼吸，一個箭步跨出，使出全力，就這樣不偏不倚的揍向西西的腹部。好像那麼做，就可以擊碎關於我內心的一切疑惑。

我從忠孝敦化站搭捷運回家之後，看到奶奶將饅頭撕成小塊放到爺的碗中。爺不再亂發脾氣，更多的時候像個木頭人一樣坐在位置上，無論是我或奶奶餵他吃藥，他也不再頑強地抵抗。
但爺會仔細地盯著我或奶奶，然後問我們是誰。
我們捨去自己，所有的回答都以爺為核心，我不講周以鈞，只說你的女兒阿珊還記得吧？見爺點點頭，我說我是阿珊的小孩。
奶奶有時則回答：「我是重慶的姑娘啊，你的愛人。」不曉得是單純鬧著爺玩，或是奶奶知道這個答案對爺來說他會更喜歡。
有時候我會化身成爺故事裡的配角。

「戰爭苦啊……師團長好手好腳地出去，回來一條胳膊那就沒囉。」

「對啊，好險我那時叫你不要急著去前線，送死。」我說。

「冬天是真磨人，凍到牙齦都快給咬出血。」

「沒關係，解放軍那邊有很多棉襖，我搶一件給你。」我作勢將身上的外套披在爺的身上。

但就算我如何拋棄自己，在那些荒謬的對談中，我仍然會被找到，躲不了。

像阿豐有一天同樣要跟我說祕密，我側耳傾聽。

「我告訴你一個祕密……」

「什麼？」

「我發現你是同性戀。」阿豐說。

「怎麼知道的？」我冷靜地反問。

「講了就不是祕密了嘛。」阿豐拍拍我的肩膀。「那間咖啡廳好喝嗎？」

「什麼咖啡廳。」

然後阿豐講出我跟西西約見面的那間咖啡廳名稱。

好笑的是，連失智的爺都能找到我。

他又在講打仗的事，講著講著突然就問我是誰。

「我是你的弟兄啊，要一起消滅共匪拿回土地，讓毛澤東那奸詐小人不得好死，人頭落地。」我比著持槍瞄準擊發的動作。

「啥？你也是同志啊？」爺瞪大眼睛問道。

「……」

我呆住了好幾秒才意會到，爺口中的同志不是同性戀的意思。

「是啊……我是同志。」我苦笑。

爺歪頭盯著我好幾秒。「我記不得咧！」

「沒關係。」我摟著爺的肩膀，拍拍胸脯。「我知道你是誰，一定會找到你。」

有人負責遺忘，那就有人負責記得；有人負責躲藏，那就有人負責找出來。

萬聖節那天晚上，西西約我去信義區逛鬼市。

我到了現場才發現，好多人都有變裝，除了應景的鬼妝外，還有電影的角色、動畫的人物、各種職業等等，雜七雜八的打扮，單調的我在人群裡頭看起來反而特別突兀。

西西走到我的面前，他戴著誇張的橘色長假髮，還有很像迪士尼電影才會出現的公主連身長裙。

「好看嗎？」西西問。

「普通。」我說。

「我覺得好看就好。」

我們散著步，有一搭沒一搭地聊天，實在是尷尬到不行，我突然想到他跟我說關於忠孝敦化二號出口的事，便告訴西西我去了，什麼都沒有。

「你什麼時候去的？」西西問。

「中午。」

「喔，那之後我帶你再去一次。」

「到底有什麼東西啊？」

西西打斷了我，在燈火通明、人來人往的香堤大道廣場中，他突然說現在這裡好有電影《神隱少女》的氛圍，整個臺北就像那間湯屋，吸引各種千奇百怪的人來，有些人在這邊得到滿足，也有人不幸地迷失自我。

我打斷西西感性的口吻。「我怎麼樣都想不明白，千尋最後到底是如何找出她爸媽的？」
「不然你覺得她一輩子在那當童工比較好嗎？」西西白了我一眼。
「不是童不童工的問題，我就是好奇在十二頭豬裡頭，她憑什麼篤定裡頭沒有她爸媽。」
西西想了一下後說：「會不會是因為她最後有聽白龍的話，出隧道前都沒有回頭。」
「我反對，那已經是結果了。」
「但沒有回頭才會有新的開始，那不算是個結果。」
「還是有寵物溝通師告訴她的？」覺得好像要成為哲學上的辯論，於是我隨口亂扯一個答案。
「你還真信那種職業喔？」西西不屑地說。「啊，我想到了，裡面不是有一句臺詞說『重要的東西被調包了』嗎？千尋一定也察覺到那些豬都是假的。」
「還是沒有道理。」我沉思。
「那就是無臉男囉，鬼鬼祟祟地跟在千尋旁邊，要什麼都可以變出來，無臉男或許知道所有祕密，然後告訴千尋。」

我再次打斷西西，因為我突然想到當初畢業典禮前一天，我們在垃圾場對他的霸淩，其實就很像千尋最後的考驗。

「我可以問一件事情嗎？」

「你說。」

「為什麼……國中在垃圾場那天，你會猜到那拳是我打的？」

「運氣好。」西西說。

「運氣好？」

「五分之一的機率，我連猜同樣的人名五次總會中吧。」

「好吧。」

西西突然停下了腳步，然後深呼吸了一口氣。

「你真的是個混蛋。」

「啊……？」

「你們真的覺得我很樂觀，被霸淩都還能像隻溫馴的綿羊嗎？錯了，我國中只想躲在家裡不去學校，想拿刀殺死你們，想吼說我到底哪裡惹到你們，要被你們這樣調侃，那些惡作劇每個都很傷人，直到今天我都還記得，但我不想重提，也不想回憶，然後你現在還嘻嘻哈哈地問怎麼知道是誰打我。」

西西一口氣將所有情緒吐出，揉揉肚子，「很痛你知道嗎？」

我什麼話都反擊不出來。

我們就這樣坐在香堤大道的椅子上，心不在焉地聽街頭藝人演唱、看快閃表演，陷入沉默的時間眼前都飄過十來個卡通人物，然後西西才終於開口。

「你問我為什麼知道那拳是你打的。」

「我想，千尋她才是被找出來的。就跟你一樣。」西西說。

我沒有告訴西西，我出拳後其實一直在心中祈禱：說我的名字說我的名字說我的名字說我的名字……

此刻如同過去，什麼話都講不出來，那時朋友質疑我是不是想保護西西？不，並不是，我明白一直以來都是西西在保護著我。

五、自己就是豬

我第一次看到爺哭出來，他說他不曉得自己在哪裡，想回家。

「這就是家裡啊。」我安撫著爺。

爺使勁搖頭。

「你忘光光了啊？」

爺點頭。總在吹噓自己多英勇的爺落下男兒淚，他終於承認敗給了自己。

爺也不曉得我是誰，但他知道我不是壞人，可是我在他腦中僅存的戲分全都落幕了。

我懂那種感覺：無法掌握自己，惶恐、無力、任人宰割。

奶奶很著急，爺就連重慶的愛人都忘了，她要我帶爺去看醫生，但爺一聽到醫生兩個字，連忙揮手拍打著椅子。

「爺不要緊張，我……我帶你回家。」我嘴上這麼說，但爺跟著軍隊南征北討，我根本不曉得他家在哪裡。

索性將爺帶出家門，替他戴上安全帽，確認他的手有牢牢抓住我之後，我便騎著機車，一手拿手機查著 Google map，以龜速開始在臺北繞行。

「爺，這裡是遼寧，再上去是哪邊你記得嗎？」我說，指著遼寧街的路牌名稱。

「吉林啊，大東北淪陷得快，解放軍第一個圍城戰役，後來六十軍倒戈，新七軍也投降了，老百姓死得可多。」

「那爺你要去吉林嗎？」我查看著地圖導航，騎過去大概十分鐘。

「不去不去，去了傷心唷。」

「好！那就去旁邊的錦州。」

錦州後是寧夏，還有烏魯木齊舊稱的迪化，我們沒多久就橫跨了中國的右上到左上。

透過後照鏡瞄到爺的嘴角上揚，不曉得爺笑是因為久違的兜風，又或者是回到了那些熟悉的地方——那些他還保有的記憶。

折回臺北車站的途中，我停在南京路上跟爺說首都到了。

憑藉著網路上的資料，好像才能跟爺一起回到屬於他的時空，臺北就是爺的小中國，地圖的中心點就是今日的行政院。

萬華的西藏路就在桂林路旁邊，附近還有長沙、成都、衡陽。我還是會迷路，爺坐在機車後座上，卻是由他帶我回中國。

上海的下方是寧波、金華、福州、廈門，再過去一點還有南昌，大城市擠在中正區裡，機車每騎一小段路，我就停下來看爺有沒有要說話。

迷你的環島之旅在難得沒雨的臺北中告一段落，我騎著機車回到那條熟悉而陌生的重慶南路。

「爺，重慶到了。」我說，不曉得爺會不會想起他的舊情人。

我指著候選人許銘康那時候站著的地方，然後跟爺說我好像也一樣，迷迷糊糊一知半解，找不到自己，於是在重慶弄丟了愛人。

「忠孝敦化。Zhongxiao Dunhua Station……左側開門。」

西西，不曉得你有沒有看過淩晨的豬車，裡頭吊掛著四五頭宰好的豬準備運到菜市場，還有桶子裡可能四散著豬血豬內臟，小貨車裡面充斥著詭異的藍光，所到之處皆是腥味四散。

我覺得那就是我在臺北的模樣，身心被支解，而後剁碎，瀰漫著死亡的氣息，不知道目標在哪裡，車往哪開就往哪去，最後被貼上標籤販售。

你罵完我後，我就想到了：會不會千尋其實也是隻豬，就像我以前總是嘲笑你是 Gay 那樣？

「這個時間跟中午差在哪？」晚上十一點下捷運後，我問西西。

「跟我來就對了。」

感應悠遊卡後出站，我跟著西西往二號出口統領廣場的方向走去，這時候的人潮已經稀少很多。

雖然沒有綠線那麼誇張，但通往出口的那條電扶梯依舊很長。

西西指著出口處，要我抬頭往上看。

我看到一片白光打在入口處，除此之外什麼都沒有。

「我每次晚上來到這裡，一抬頭，都會覺得外頭是白天，太陽很耀眼的感覺，好像往前就充滿希望，但事實上隨著電扶梯向上，終於發現原來只是一片黑。」

見我滿頭霧水，西西又耐心地說了一次。

「你懂嗎？你以為的白天其實是黑夜，但那也沒關係唷，都有它漂亮並值得被愛的權利。」

西西說完後，突然站到我身旁，伸出右手牽著我的手腕。

原來西西的肌膚是這種感覺，軟軟的，像天空下起棉花糖般的雪那樣。

還是感到有些不自在、緊張、想逃，於是僵硬的手本能地握緊成拳頭狀，但西西以手掌緩慢地包覆住我的拳頭，並規律地撫摸、捏揉著，試圖融化它。

電扶梯就快要到盡頭了，我以為的白天原來不是白天。

「就知道這雙手是你的。」西西突然說。

「但沒關係。因為我會接住它，可以不用再藏了。」

是這樣找出來的。

那麼多牽掛

恩佐常常在想：因為疼痛所產生的快樂，這兩者會彼消此長，所以在互相抵銷後，讓受縛者能持續忍著苦，挨著痛。

雖然不是太肯定，但他能清楚看到受縛者的神情陶醉，也能聽到他們感到歡愉時，所發出像高潮後的喘息聲，不過作為一位繩手，多數時候恩佐更相信安全原則，太緊固的綑綁會讓血液循環不良，嚴重還可能傷到神經。

恩佐將 Ann 的雙手舉起，繞過她的頭頂後再向下反折，將拳頭的部分貼緊後腦勺，接著拿起一條麻繩，迅速地在兩條纖細的手臂上束起一道橋梁，並確認左右手所綑綁的部位是否達到平衡，再來才銜接起第二條麻繩。

「能不能再痛一點？」Ann 問著。

「我會說束縛感強烈一點。」恩佐稍微皺了下眉頭後說道。

「職業病。」Ann 輕哼。

恩佐沒理會 Ann，只是又抽出一條繩子，朝手臂接近肩膀的上緣再度纏繞，這次他綁得更緊，讓 Ann 的胳膊幾乎沒辦法朝外彎曲。

Ann 的腰、腿、胸都遭繩子綑綁，讓恩佐以手織成蜘蛛網後肉體動彈不得，再痛一點也沒關係，當一只金髮碧眼的洋娃娃任人擺布，想像洋裝被扯爛、眼珠被挖出來、四肢被折成歪七扭八。
她就喜歡那樣，筷子攪碎豆腐還會滴汁那樣。
恩佐就連兩人在家裡玩著情趣繩縛時，都還會解釋接下來要用何種綁法，例如五芒星胸縛、十字扣、M字腳開縛等等，並留意著血管較淺的部位，但這又不是在外表演，Ann在意的只有挑逗的話語及撫摸能否精準搔中她的心，還有她陰道口大量神經。
麻繩讓Ann的肌膚窒息，她痛苦地呻吟著，恩佐沒有要鬆開的打算，他明白直到Ann說出安全詞之前，每條勒緊的繩都會催出腦內啡，荊棘周身是打造著兩人的樂園。
繩子是繩手用來溝通的語言，所以恩佐在Ann的耳邊輕捏麻繩，然後搔過她的耳朵，小小的摩擦聲抵達到Ann的耳蝸中就是我愛妳。
我愛妳。所以請更用力地綑綁著我，好像能擠碎我的骨我的靈。
Semenawa（責め縄）是典型的日式繩縛，起初從江戶時代用以拷問、拘束犯人，使其肉體感到痛苦、內心感到羞辱，到後來逐漸演變成SM的一種玩法。恩佐三年前去日本拜真正的師傅時，其實並沒有特別要學習Semenawa的精髓，而是將繩縛視為一種美學，是體現在人體上的藝術。

不過恩佐知道，要將繩縛與情慾完全切割開來看待是不可能的，繩子能柔軟像水就能粗暴如鞭，從日本回來後至今，恩佐雖然不敢以繩師自稱，但也開始靠此專業為生，他什麼都做，受過雜誌訪問、去校園的社團教學、到同志酒吧表演、自己開一套課程，也接待想私下體驗被綑綁的客人等等。

他綁過各種人，有男有女，也有過較為特別的經驗，例如一位在高中教數學的男老師，四十多歲吧，他詢問恩佐除了綑綁外有沒有其他服務。

「費用會不一樣。」恩佐用臉書的個人專頁回覆著男老師。

在BDSM中，權力與支配是重要的一環，只要建立在雙方溝通後並互相信賴的前提下，沒有什麼是不能做的，所以恩佐將男老師綑綁起來後，用他提供的那隻愛的小手，照著他希望的要求：拍打著男老師的屁股與背部，然後目睹男老師的下體逐漸起生理反應。

男老師後來跟恩佐說，他求學時期學校還有體罰制度，當他伸出掌心，看到熱熔膠棒高高舉起時，除了害怕外，更多的情緒反而是期待——期待被揮打後手掌產生的那股酥痲感。

恩佐也遇過女生希望用情趣低溫蠟燭，或是以眼罩蒙上雙眼，再塞一顆口球後開始綑綁。

雖然不曉得腦內啡的分泌多寡，是否真的會跟疼痛程度成正比，但恩佐從不過問這些人的目的。每個找恩佐的人都有他們的需求和想像，而在合理範圍內恪守著SSC原則，確認受縛者的禁忌，照顧他們的感受，提供良好的專業訓練才是最重要的。

可是Ann不一樣，在她因為疼痛而滿足的神情中，恩佐總會想到仕維。

「幫我把繩子拿下來。」那時候仕維指著自己的脖子，並對恩佐說。

好幾次在進行繩縛時，恩佐心中滿溢的牽掛也來自於仕維。

安全詞還沒有出現，那代表Ann仍然不滿足，她總打破恩佐的牽掛，不斷跟恩佐說可以再多一點、再緊一點，我還很空——有時候恩佐覺得Ann其實是在跟繩子對話，不是對他。

直到Ann沒了力，恩佐會溫柔的抱著她，親吻她，說妳做得很好，接著解開一條條繩子。

恩佐總思考著剛才的過程哪裡能再改進，繩結有沒有對稱，那樣看起來才美，繩索也不會因為受力不平均而產生滑動。
之後或許可以用一張椅子，在受縛者無法動彈時逐漸放下椅背，讓他們面臨墜落感卻又無法掙脫，加強感受上的刺激。
「幫你嗎？」Ann說，指著恩佐腫脹的下體。
恩佐專注於思考，幾秒後才意識到Ann的提問。
「沒關係。」他說，並摸摸Ann的臉頰。
Ann身上一條條暗紅的綑綁痕，對恩佐來說即是他的成就，也是腦內射精後的證明。

繩縛在臺灣算是次文化，會想要嘗試的人普遍有幾種理由。新鮮有趣、追求感官上的刺激、熱衷BDSM、想留下特別的照片，也有透過束縛來尋求慰藉的人。
幾乎沒有人接觸繩縛的動機與仕維一樣。
恩佐會開始學習繩縛，也只是出自於一個簡單的契機——他在臺北的某個公開場合上目睹男繩師與女繩模的表演，繩師俐落地將繩模纏上一條又一條的繩子，先是後手，再來是胸、膝蓋上緣，緊接著繩師將繩模的一條腿抬起，銜接至上方的固定裝置，繩子抵達繩模的胯下，繞過腰間綁成叉叉的圖案。

背景音樂的主旋律是津輕三味線，繩師在每個頓點或快節拍的變化下完成不同的動作，時而鬆綁時而緊縛，繩模迷離的神情就像是受到繩子的魅惑，控制不了自身，只能隨之共舞。

二十分鐘左右的演出，那真的是藝術。恩佐被徹底震驚，就算有色情的成分混雜其中，也像是某些熱帶雨林中的鳳蝶，仍然會先被牠的美給懾服，隨後才意識到有毒。

那年已經快三十歲了，但仕維得知恩佐他想學習繩縛的念頭後，很義氣地拍拍他的肩膀，跟恩佐說在出師之前，自己可以當他的練習對象。

其他人若是聽到這種話，可能會懷疑這兩個男性是否存在著曖昧的情愫，不過恩佐很清楚，從大學認識仕維至今，那就是他的個性，一名喜歡運動的陽光男孩、健談、熱心、臉上總是掛著笑容，直來直往的標準異男。

「你們要知道自己想學繩縛的目的是什麼？同樣的綁法，用在情趣或表演上所呈現出來的是完全不一樣的東西。」

恩佐報名了一位繩師的課程，老師在第一課堂課先跟每個人閒聊，當他問到恩佐時，恩佐不太確定地回答著：「想透過繩子創造出動人的美感。」

老師似笑非笑，請恩佐伸出右手握拳打直後，他拿出繩子，只花了十來秒就在恩佐的手腕打了一個繩結。

「大家看一下這邊。這叫平結單柱縛，基本中的基本，也是你們待會要練習的綁法。」

老師詢問恩佐這個單柱縛好看嗎？恩佐點點頭。

「我覺得不怎麼美，因為我沒有任何的想法，只是純粹將公式套用在任何人的手上而已。」

接著老師轉頭對所有學生後說道：「最難的並不是要多迅速，也不是要如何組合各種繁瑣的綁法。繩縛最棘手的是如何跟人互動。」

將繩子解開後，老師對恩佐說：「希望你現在所堅信的美，在未來也不會變質。」

恩佐那時不太懂，直到後來他跟 Ann 變成了一對情侶，他將 Ann 綁得很死，繩子卻告訴恩佐，那些勒痕遲早會反噬，咬到他身上就不是幾分鐘能消散的印記。

「我老師講繩子是會說話的。」恩佐對仕維說。

「魔繩仔嗎?」仕維一如往常,總說著不正經的玩笑話。

「他說,繩縛是以繩子作為溝通的媒介。」恩佐逕自解釋著,然後指示仕維坐到椅子上,要他伸出雙手,打算先從最基本的單柱縛開始複習。學生在課堂上雖然有互相綁過,可是恩佐就是覺得綁起來礙手礙腳,怪不自在的。

可能是因為壓力,怕綁不好被說閒話,又或者是神情,其他人有一種巴不得被吞噬的感覺,比起來還能笑笑地跟仕維打屁閒聊,恩佐總覺得這才叫了無牽掛。

「不能只是將綑綁的方法複製貼上,而是要留意受縛者的狀態,解讀對方想要什麼,哪怕只是眨眼、顫抖、呼吸變快或慢,都是你的繩子正在傳遞訊息。繩子不會騙人。」恩佐繼續解釋,然後拿起手機亂數播放音樂,讓整個小套房不顯得太枯燥。

「好色喔,你以後會不會認識一堆很M的女生啊?可以介紹幾個給我認識。或是S屬性也可以,我不排斥姊姊帶我飛。」仕維嘻嘻哈哈地說著。

恩佐嘆了口氣。「要訂一個安全詞嗎?雖然我們不是在玩 BDSM,也不至於會綁很多部位。」現在就開始預習日後可能面臨的狀況不是件壞事,恩佐心想。

「什麼安全詞？」

「就是當你覺得不舒服，或是太超過，也可能是你開始緊張。總之你不想要我繼續的時候，就說那個安全詞。」恩佐還備了一把剪刀在旁，做好萬全措施。

「隨便。排骨便當這四個字怎麼樣？我剛才的午餐。」

「有點白痴，但不是不行。」恩佐想了一下。

「之後再決定吧，我根本不曉得被綁起來的感覺到底是什麼，搞不好就這一次而已。」仕維說。

「也是，那就直接來吧。」恩佐覺得蠻有道理的，索性直接拿出繩子，省略那些與受縛者溝通的前置作業。

繩子是上禮拜買的，他已經照著書上的教學方法處理過這些生繩，先裁成八公尺長，並在繩尾處打平結防止散開，用沸水煮過一次使其軟化，再放入洗衣機中脫水，晾乾之後把岔出來的細毛燒掉，最後上油減少繩的摩擦力。

「不用緊張。」

「哪有，我很自在啊。」仕維對恩佐挑眉。

在恩佐的眼中，那滲出的手汗，還有手腕處凸起的血管青筋，都與仕維愜意的口吻背道而馳。如果這真的是未來的受縛者，他該做些什麼才好？恩佐想到老師說過最困難的是如何跟人互動，他得先讓這座小雕像軟化，繩才能無慮的孳生蔓延。

恩佐拍拍仕維的肩膀，就像以前他遇到挫折時，仕維總會對他做的動作一樣。

我在這裡，我都知道，交給我，恩佐像哄小孩般地說。他開始綑綁著仕維的手，同時為了讓他放鬆，便隨口捏造出一個故事：

二十四歲那年，有天接近黃昏時我開車載前女友去海邊兜風，走西濱快速公路，我們開到大園後就停下來休息，上個廁所、買杯飲料什麼的。你知道海邊都有那種風力發電機吧？很像巨大風扇，總是緩緩地轉動著。我跟她邊散步邊吹海風，臉跟手臂都變得黏黏的，走著走著她突然就跟我提分手，完全沒有任何前兆，我們甚至前一個晚上才做愛，早上睡醒時都還抱著對方。

問她為什麼，她支支吾吾不敢說，我被逼急了，說妳是有什麼牽掛嗎？她居然回我：「你現在的表情才是我的牽掛。」媽的，到底是什麼意思，哪來那麼多牽掛，想分手就直說，幹什麼拐彎抹角的。

恩佐感受到仕維的手腕終於不再僵硬，與此同時也完成了一個不怎麼樣的花聯結單柱縛。

「然後呢？」仕維問。

「然後我現在需要你把腿彎曲，我想做一個太股縛，就是把你的大小腿綁在一起。」恩佐說完便將仕維扶到軟墊上，並請他躺下，開始丈量著點與點的距離。

後來她說想要先回車上，我很傻眼啊，但又覺得她好像需要獨處思考，反正鑰匙在我身上，她也沒辦法把車子開走，我就坐在堤防上抽菸發呆，明明海浪平緩，心裡卻覺得像面臨倒灌後的潰堤。

大概過了十幾分鐘吧，我突然瞄到有其中一臺風力發電機怪怪的，海邊的風大是正常的，但它的扇葉卻轉得比其他臺都快，並且還在持續加速的感覺。

我就這樣死盯著那臺發電機，見鬼了！最後那臺發電機的扇葉就這樣脫離軸心，筆直的往天上飛去，消失在我的視線中。結果晚上回到家之後，我前女友仍然什麼原因都沒講，行李收拾完後，她還抱了我一下，就再也沒見過面了，我才想起，啊！原來那臺發電機的扇葉，是帶著我的青春飛走了。

恩佐的故事編得很爛，草率的結尾只是由於他完成了太股縛，他覺得不滿意，因為不夠對稱，像歪斜的梯子架在大小腿上。

「誰曉得經歷了什麼，才會決定離開。」雙手雙腳皆被綑綁住的仕維說道。

「你說我前女友嗎？」

仕維搖搖頭。「不是，是那臺發電機。」

恩佐聽不太懂，他正在替仕維鬆綁。

「綁起來的感覺怎麼樣？」恩佐將麻繩掛起後笨拙地問著。「老實說我真的很菜，雖然說得頭頭是道，其實綁得慢，又醜。」

仕維想了片刻，才緩緩開口。

「手腳動不了的滋味很奇特，身體好像不是我的。」仕維說，他接著吐了一大口氣。「但意外的平靜，可能是太專心在聽你說的爛故事。」

雖然身體被拘束著，內心卻感到自由。仕維是這樣想的。

「下次還當我的練習對象嗎？」恩佐詢問。

「下次，你帶我去看那臺發電機消失的地點，你不是唬爛的話，我就再讓你綁。」仕維咧嘴傻笑。

恩佐看著他，那道笑容有股說不上來的陌生感。

「插我。」Ann 說。

「想要。很想很想。」她接著說，並扭動著臀。她也只有下半身能動，恩佐做的是吊墜縛，他將 Ann 的雙手從背後拉高，肩膀、胸前、手腕都以繩子綑綁，並銜接至上方的支撐架，這使得 Ann 整個人看上去像是隨時要往前摔倒，如果恩佐駕馭繩子的技術不夠純熟。

Ann 背對著恩佐，突然提出了繩縛體驗外的請求。不是發情，更像是服從本能。

如果那時候恩佐能戰勝自己的慾望，沒把 Ann 的內褲褪下後以陰莖插入早已濕潤的陰戶，Ann 就沒有機會化身成一條蛇，從此纏住恩佐不放，要恩佐給她更多的愛、更多的疼痛。

雖然這種你情我願的性交在繩縛圈裡不會被抨擊——BDSM講究的是安

全、理智、知情同意。恩佐曾聽聞有繩師在演出時，因為一時興起而擅自加戲，在沒講好的情況下去觸摸、親吻繩模的身體，導致後來差點吃上官司。

恩佐也曾想過，如果再給他選擇一次，到底還會不會與Ann做愛。

可能還是會。與Ann的臉蛋或身材無關，是Ann受盡折磨的姿態卻能從中昇華出截然不同的美感，那讓恩佐著迷。

遭受繩子束縛的奮力扭動，就好像隨時要破繭而出的蝶一般，那樣的畫面是被恩佐激發的，他勢必得戀上自己創造的藝術品，既小心翼翼地呵護，也要不斷逼出極限，是他的右手輕劃過Ann的耳、唇、乳，也是左手順勢抽高繩子，牽著她肉身，掛著她的雙手。

Ann說好痛，痛不是他們的安全詞，那就得繼續深入，像棉花棒往耳內不斷鑽鑿直抵神經一樣。

他們體驗過好多種牽、掛，Ann後來說她再也離不開恩佐，恩佐想問她是離不開自己？還是離不開手中的繩。

BDSM注重權力的交付，恩佐後來發現，當Ann的身上沒有繩子時，她就會追殺回所有權力，將她受到的折磨還給恩佐。

像普通的情侶一樣，他們在外時會牽手散步。

「你的手汗濕濕黏黏的。」Ann 說。

她將嘴巴湊到恩佐的耳朵旁。「但我更濕更黏，你知道我在說什麼嗎？」

這是什麼意思呢？恩佐不懂。

「這是什麼意思呢。」Ann 解釋著。「就是我很愛你，所以你要比我愛你還更愛我。如果你沒這麼做的話，我會好傷心，但要記得我傷心你也不會好過。」

然後 Ann 有天看到恩佐與其他女人在網路上聊天，她笑吟吟地問這是誰，接著從背後環抱恩佐，右手沿著恩佐的胸口慢慢往上移，輕掐他的脖子，再搓揉著下巴，左手則覆蓋住恩佐的雙眼。

恩佐能察覺到 Ann 指尖的施力越來越重，手指如剛上過油的繩，滑順細膩卻暗藏流沙般的洶湧。

他們有時候會吵架，有次恩佐只是伸手作勢打她，Ann 卻將身上衣物脫光，直挺挺的將裸體展露在恩佐眼前。

「你要打我？可以啊，大力一點。」

搞不清楚究竟是在玩 SM，還是假 SM 之名好讓恩佐畏懼 Ann 的權力，主奴對調，恩佐感到無比矛盾。

如果說 Ann 承受的是肉體上的折磨，恩佐則面臨著心靈上的鞭笞，他想到仕維會不會也同樣如此。

第二次綁仕維時，是他主動向恩佐提出來的，後續幾次也是。

綑綁過程中，仕維像個睡著的嬰孩般安靜，他會閉起眼睛，當恩佐詢問他這樣會不會太緊、有麻掉的感覺嗎，或是恩佐觸摸仕維的手背，檢查知覺是否正常時，他都僅是點點頭而已。

恩佐邊綁繩結邊留意著仕維的狀態，他感覺仕維的身軀流進另一個世界那樣，陷入短暫的深眠。

那天恩佐練習得差不多了，正要解開仕維身上的繩子時，仕維卻突然睜開雙眼。

「可以綁看看脖子嗎？」他問。

恩佐愣了一下。

「不行，太危險了，脖子很脆弱，會影響到呼吸。」

「沒有繩師在綁人脖子的嗎？」

「我只有聽過情趣玩法的項圈。」恩佐果斷回答。

「那你是第一個在脖子上開發新繩結的人。」

「……」

「名字我都幫你想好了，就叫密技——晨脖縛！」

「別鬧了。」

「我認真的，你不是整天把受縛者的需求掛在嘴邊嗎？受縛者現在也同意你綁脖子。」仕維語氣強硬地說。

「安全是大前提。」

「因為是你，我才敢被綁脖子。」

恩佐是聽到這句話後，才無可奈何地遷就著仕維荒唐的要求。

仕維再度將眼睛閉了起來，恩佐謹慎地用繩在脖子上綁單柱縛，深怕施力過多一不小心就會造成意外。

當繩完整的鑲嵌住脖子後，仕維請恩佐提著繩頭，站到他的身後，然後慢慢的往上拉，抬起他的脖子。

「慢一點，慢一點，這個速度，對……再放下來，好，再往上拉一次。」

繩索就這樣牽著仕維的脖子，恩佐百般配合只因為想趕快結束。懸到某個角度時，仕維突然開口叫恩佐的手不要再移動。

恩佐很緊張，一度以為壓迫到頸椎，但他看到仕維就只是僵住了二十秒，不曉得在想著什麼。

「謝謝你……已經可以了。」仕維說。

到底感受到了什麼，恩佐很納悶。

可當解開所有繩子後，一抬頭，恩佐卻看到了他從未目睹過的情景：幾滴眼淚從仕維的眼角流了出來。

「幫我把繩子拿下來。」仕維啜泣著說，他抓著恩佐的手，指著自己的脖子。

可是恩佐什麼都沒看到，脖子上頭只有淡淡的一圈痕跡。

「可不可以幫我把繩子拿下來？」

語氣和緩，仕維又重複了一次。

可不可以？

他一邊哭，一邊笑。

恩佐沒有告訴過Ann，他制定的安全詞其實是仕維想出來的。那也不是多特別的兩個字，甚至可以用直白了當來形容，其實不那麼適合當安全詞。

只是恩佐從沒聽過當那句安全詞真的說出口時，會是什麼感覺。仕維很配合他，從來沒有講過；至於Ann，恩佐猜想更不可能會有這個需求。所以應該會在前面加個「我」，在後面加個「了」。恩佐於心中默唸一遍。

「我後悔了。」

恩佐唸完後，腦中立刻浮現出新的疑惑：可是後悔了還有用嗎？否則仕維也不會變成那臺虛構的風力發電機，只留給他日後的牽掛。

恩佐也後悔跟Ann交往。作為一名繩模來說，Ann的表現充滿張力與激情，身體像為繩而生，她的忍耐力之高，可塑性幾乎是無可取代的，但作為伴侶來講則是難以攜手到老的過客。

想離開Ann的念頭浮現過很多次，他招架不住Ann強烈的占有慾，受不了她緊抱著恩佐說你永遠只能綁住我。就算是開玩笑，恩佐也覺得這句話應該是相反的。

可是恩佐也曉得自己始終離不開她的原因：唯有Ann，才可能讓恩佐綁出Semenawa追求美麗的受苦之最高境界——繩醉。

像繩縛中的極限運動一樣，透過繩子的收縮拉放，反覆在疼痛與興奮的邊緣游移，將受縛者的肉體感受與精神狀態都推到巔峰，在狂歡的狀態下，腦內啡會像擰一條濕毛巾那樣被瀝出，受縛者的身心與周遭世界融合，恍恍惚惚，好像體驗著一場華麗的惡夢，這就叫繩醉。

恩佐在心中暗自下了個決定，如果他在追求繩醉的過程中不小心讓Ann說出了安全詞，那他就會果斷放棄這段感情。

他開始篤定Ann喜歡繩子勝過於自己，所以當她說出安全詞——她後悔了。也代表著自己的繩子已經走味變調。

恩佐相信對某些人來說，肉體上的疼痛真的能達到興奮的效果，甚至是無與倫比的快感，可是痛也好，歡愉也好，肉體的感受永遠是暫時的，但熱衷BDSM的多數人更願意去服從那些短暫的感受，卻選擇遺忘心靈上的，真正的痛苦。

又或者恩佐錯得離譜，如果內心的匱乏可以靠肉體的感受來彌補，那仕維在那個當下會不會其實是快樂的？內跟肉兩個字長得好相近，恩佐沒辦法理解其中的差異與關聯到底在哪。

「可不可以幫我把繩子拿下來？」

自從仕維哭出來那天後，跳針似的，這詭異的問句變成了每次見到恩佐時，反覆會從仕維口中說出的話。

除了在進行繩縛的過程外，仕維也老在其他場合講，恩佐跟他是好朋友，兩人常常會一起約吃飯、打籃球、出遊等。

「喂！」

「怎樣？」恩佐說。

他們正在看電影。仕維東張西望後，像個小偷似地在恩佐的耳邊說：「可不可以幫我把繩子拿下來？」

「神經病，我連繩子都沒有帶出來。」恩佐沒有理會。

又或者是喝酒時，仕維叫恩佐快轉頭看吧檯的女服務生，穿得好騷好欠幹。

「猜拳，輸的去跟她搭訕，敢不敢？」仕維說。

「我要告訴你女朋友。」

「她才不管我咧。別廢話……快點！剪刀石頭布。」

仕維出布，而恩佐贏了。

「去啊，我看你敢不敢。」恩佐嘲諷著。

「我什麼都敢啊。可是你出剪刀耶。」仕維盯著還定在半空中的手勢。

「所以呢？」

一口氣把兩杯龍舌蘭shot給乾了，仕維臉上開始泛紅，搖頭晃腦半醉半清醒，傻呼呼地笑著對恩佐說那你可不可以幫我把繩子剪斷呀。

恩佐後來被這句話搞得很煩，他不曉得仕維到底要表達什麼，是不是暗指綑綁的手法太差，讓他留下不好的經驗。

「你是不是其實不想要再被綁了啊？是的話就直說沒關係，我之後打算去日本找老師，不然現在這種半吊子的技術也上不了檯面。」一次結束練習後，恩佐有些暴躁的對仕維說。

恩佐主要還是氣自己，他在做後手縛的部分時不太順利，卡卡的，加上對受縛者來說，雙手在背後出力併攏時，手臂和腋下都會同時遭受擠壓，導致容易痠麻，是個難以維持長時間的姿勢。

老手與新手能顯見差別的其中之一即是速度。就算以繩索加壓，身體也不像黏土般容易定型，繩縛要與時間爭分秒，受縛者也得出力維持平衡，因此拖得太久，只會讓受縛者越來越難熬。

「我沒有這樣想過。甚至，我很謝謝你。」仕維搖搖頭。

「什麼？」

「從來沒想過被綁住的時候，感覺竟然是療癒的，很像閉著眼躺在草皮上，身體被什麼溫暖的東西給包裹著。」仕維接續說道。「我被悉心的照顧著，也許是你，或你的繩子。都好，自己的感受終於被理解。」

恩佐後來從日本學成歸國，隨著綁過越來越多人，聽過那些受縛者的傾訴，或看到多張沉醉的模樣後，才能體會仕維形容的到底是何種滋味。

所謂的療癒，得要受縛者安心交出自己的身體給繩手，才能有被繩子撫慰的感觸。恩佐認為被繩子束縛住的人才會展現真實的一面，因為他們哪裡都去不了，只能轉而正視自己的內心。

他也理解到老師所說的：「繩縛最難的是如何與人互動。」

對不懂繩縛的人來說，他們看到的只是圖案或形狀，卻不曉得其中蘊含多少細節。但這句話也適用在仕維的身上。

真的是身上。

繩縛讓仕維正視自己的內心，察覺到了問題所在，但恩佐卻遲遲沒有發現，可能被仕維滿滿的屁話還有笑容給蒙蔽了過去，直到仕維發送出最後一段訊息給恩佐。

我住的地方在內湖路一段二八五巷六十三弄，有一棟酒紅色外觀的大樓，走到三樓後往右手邊走到底，再左轉後你會看到有個房間外面掛著聖誕襪。門沒有鎖，我會背對你，因為就算你常常看到繩子纏在人身上，也可能被嚇到。抱我下來，解開繩子，請安靜的帶我回家，就好像我只是睡著了一樣，我已經很久沒有睡得這麼安穩過。

恩佐開門，看到的只是仕維掛在上面的樣子，可脖子上的繩索不曉得蘊含了多少細節。

嚴格說起來，恩佐沒聽過仕維講到任何關於生活上不順遂的事情，家人、金錢、愛情等等的，仕維什麼都沒有說過。

仕維的爸媽哭得很慘，他的女朋友也是，大家都在議論明明都沒有發生什麼事，這麼開朗的人為何就突然走了。

幫我把繩子拿下來。恩佐可能是唯一聽到那句關鍵話的人，這到底是求救訊號，還是善後的請求？

恩佐比仕維的爸媽、女朋友、兄弟姊妹都還冷靜，無關親近程度多寡，而是他理解有人雖然看起來好好的，內心卻像數條繩子靜置在一起，久而久之便會自動糾纏不清，化為一團解不開的結，然後就這樣走了，很錯愕，很突然，也很合理。

打開房門，恩佐看到繩子上有一個牽掛。

可是實際上，還有那麼多牽掛。

若是想要創造出繩醉的光景，恩佐知道只能以最要求繩手技術的吊縛來達成。由於身體最後會滯空，在繩索需要負擔整個人的重量之下，吊縛所帶來的束縛感及疼痛感是極度強烈的。

極度強烈用在 Ann 身上，就好比鋁箔盤爆米花，高溫才能讓小小的玉米粒盛開成花。

同樣是繩子賦予受縛者產生巨幅改變，仕維的情況則像一枚壓縮毛巾，得輕輕的泡過水後才會整個化開。

若非必要，像是公開的演出等，恩佐其實不太喜歡替人進行吊縛，吊縛所需要的懸吊點很講究，有些室內構造看起來牢固，但往往無法承重，並且受縛者一旦緊張或疼痛，就會想要晃動身體，卻導致其他部位受到更緊密的壓迫，讓整個體驗增添更多風險。

當然，排斥將人吊起來的一大原因，也來自恩佐內心的陰影。

縱使他對於繩縛最初的美感已被 Ann 改變，但恩佐仍想突破自己的極限，把追求藝術的光榮作為賭注，過去恩佐將安全與受縛者的需求擺在前位，但 Ann 總給他最大的發揮自由。

Ann 的需求即是疼痛，她告訴恩佐不必在意過多的安全考量，她願意承擔風險來換取無上的快感。

Ann 拉完筋以後將衣服全數脫光，恩佐照例做前置作業，詢問 Ann 的身心狀況，有沒有哪裡不喜歡被綁，其實都是多餘的，只是恩佐最後問了 Ann 一句。

「妳現在，有什麼牽掛嗎？」

Ann 不曉得恩佐這句話其實是對自己說的，他會回憶起仕維上吊的畫面，想到他開心的模樣其實都是平靜河川底下隱藏的滾滾暗流。

他得卸下自己的牽掛，先讓繩子活起來，才能勾出 Ann 的渴望，點燃蟄伏在她體內的火種。

恩佐將 Ann 的雙手擺放至背後，Ann 從手勁還有眼神察覺到今天的恩佐不太一樣，她開始興奮，想像自己是一隻迅捷的豹，在林間奔竄仍然躲不過獵人設下的網，張牙舞爪卻身陷囹圄。

恩佐開始布起圈套，將 Ann 白皙的胸和無力的雙手固定成米字型後，繩子掛上鉤環，並粗暴的將 Ann 的左腿抬高再抬高，他要 Ann 感受到筋被拉扯的痛感，將其定型成違反人體工學的姿勢，讓她親自選擇是要費力平衡身體，又或者是全身遭繩扯痛。

恩佐不也是被兩難的選擇給攪動著，在仕維與 Ann 之間，追求繁複變化的綑綁手法，卻仍然敵不過最簡單的死結，他到底要把繩子拿下來，還是繼續死命地纏繞？

恩佐望著搖搖欲墜的Ann，她的眼神也搖擺曖昧著，嘴唇微張，所有肢體語言都舞著的挑逗。

此刻Ann將身心全權交予恩佐，他是專業的、對藝術有執著的繩手——那就必須得掌握受縛者的需求。

以繩作為溝通媒介。繩先是輕劃過Ann的下體，在她的耳邊低語妳這騷貨，接著在腰上繞了個圈，麻繩緊貼住Ann的陰部，恩佐突然奮力的收束繩子，讓繩緊咬著Ann的外陰，並粗暴的來回摩擦陰蒂。

Ann放聲叫了出來，閉著眼睛咬著牙，臉部猙獰。

後悔了嗎？不，沒有，沒聽到。

「妳想要痛，那我就給妳最多。」恩佐接連朝她臉上揮巴掌。

「但我知道妳喜歡。」恩佐說。一隻手掐著Ann的雙頰，另隻手抱著Ann的腿往後一拉，挑戰筋膜的彈性極限。

「妳喜歡肉體被侵犯，愛死了，會因此濕透，說妳賤還太高尚。」

恩佐非得入戲，他要匯集肉體與內心的痛，然後一併放大。

Ann喘著氣，眼神像是要殺死恩佐，嘴卻主動索取、吸吮著他的唇。

退開一步，恩佐故意不讓 Ann 的舌得逞，他要累積 Ann 的慾望，期待最後瀰漫出來的快感。

他慢慢蹲下，替 Ann 的兩腿纏上四條繩子，接著把上方的繩頭往下拉，將 Ann 平行吊起。

眼前的女體如一艘載浮載沉的小舟，恩佐要讓這架輕舟航向更遠方，帶他抵達金黃的岸頭。

那就需要源源不絕的動力。

皮鞭抽打著 Ann 的裸膚，第二下比第一下大力，第三下比第二下大力，鞭及之處烙上一條條紅印，Ann 緊咬嘴唇卻仍從喉頭中發出悶響。

她也正在忍耐，像步行於熾熱沙漠中，但能看到不遠處的一座綠洲，因此強忍著喝水的衝動。

啪！第五下。

啪！第六下。熱辣的鞭痕蹂躪著 Ann 的臀，汗水與淫水流下都是她的甘霖。

後悔了嗎？不，仍然沒有。

為什麼 Ann 還在享受著，恩佐不解，但並沒有停止動作，他不斷將繩索升高、降下，讓本已懸空的身體更晃動歪斜扭曲。

每根抽開的繩子都讓 Ann 需要花費更多力氣維持平衡，而每根新加入的繩又勒緊著嫩膚，Ann 的手腳因為喪失力氣，卻又疼痛不已，只能不停顫動著四肢，臉頰漲紅，頭暈目眩。可是 Ann 仍然享受著，浸淫在每分疼痛裡，對她而言就像被丟進熱泉中，一旦適應溫度後便蒸出暖烘烘的幸福感。

恩佐暫時停止了所有動作。

在眼前對他來說叫地獄的畫面中，他的腦中還是無法抹滅地想到了仕維。如果因肉體的疼痛而催出的腦內啡可以舒緩內心的痛苦，那對仕維來講會不會其實是一種解脫，是一種享受。

他也從來沒有說過他後悔。還是在上吊的短暫瞬間，就算想說，窒息的喉也難以發出聲音。

好幾根繩子吊起 Ann，那麼多牽掛。

恩佐凝視著 Ann 的神情——痛苦萬分，卻陶醉不已。她是否達到了繩醉的境界？還要糾纏著恩佐多久？會不會還不夠？

恩佐曾看過一個很奇妙的名詞——司湯達症候群。指當人觀賞藝術品時，因美感刺激過度，內心遭受衝擊於是出現各種激烈反應，如昏厥、冒冷汗、腹痛、心跳加速、性興奮等等。

他覺得自己就正處在這樣的情況之中，Ann是活生生的神聖。

恩佐掏出最後一條繩子，這並不是他專用的繩，沒有煮過、沒有燒過雜毛、沒有上過油。

他收得好好的，那是仕維留給恩佐的牽掛。

「我會幫妳把繩子拿下來。」恩佐對著Ann，也在對仕維說。

他將繩子纏繞在Ann的脖子上，毫無任何繩結的技巧存在其中，只是單純的繞圈交叉後，恩佐開始緩慢朝外拉，束起她的脖子。

恩佐並沒有要勒死Ann的念頭，他只是想要將仕維所面對的、致死的疼痛感，加諸在Ann身上。

像利刃片著奶油，粗繩一點一滴的陷進脖子中。

把脖子當成嬰兒搖籃，恩佐的手綁得很慢很慢。

Ann全身上下劇烈的扭動，她想要掙脫，可是逃不掉，反而讓各個部位都被繩子扯得更緊，頸部以下的繩子發出著咿咿歪歪的拉扯聲。

淚水從Ann的眼眶中擠出後滑落，繩子在說話，聲音像要穿透恩佐的耳膜。

恩佐一度想鬆開脖子上的繩，但Ann的淚也可能跟仕維的一樣，代表著療癒，終於被理解。

恩佐依舊感到難熬，可是他無法停止，就是沒辦法。

雖然有那麼多牽掛，但恩佐知道，在後悔出現以前，所有的痛苦都會持續著，無論對誰都一樣。

後記

現在開始，才是真的。

不曉得大家怎麼看待後記這東西，我是滿喜歡看的，有種拿掉安全之吻上頭保鮮膜的感覺，比喻怪怪的，不過沒關係，因為編輯說後記就是我想寫什麼就寫。

就讀研究所時，我在創作課的學期結束後詢問老師：「我的作品整體有什麼需要改進的地方或不足呢？」

當時老師是這麼回應的：「你需要的是找到自己的核心，因為小說家跟技術很好的小說寫作者最大的差異，就是這個運轉的ＣＰＵ，也許你可以花時間摸索一下，什麼是你的宇宙，什麼是非寫不可的理由。」

真是有夠飄逸的回答，卻也直擊到我在創作上總視而不見的空缺。

這塊空缺後來長成了矛盾的恐懼，並體現在作品與作者的關係上，老實說，我蠻怕讀者從這本小說中來架構出作者的模樣，只因在創作上我捨棄所有包袱，打造一個又一個截然不同的世界，拚命想抵達也許根本不存在的殿堂。

我知道世界上沒有完美的作品，但我不能放棄追求完美。

這八篇小說的重點情節幾乎都是虛構的，並且遙遠地背離我的生命經驗，甚至連裡頭的情感都不見得真實，但可以肯定地說，書寫這些迥異風格、筆調的作品時，我是將整張面孔壓在裡頭的所有角色上，並與筆下的人物共感，或惆悵或輕浮；或迷惘或尖銳。

這其實很基本，只是我偶爾懷疑這種「擬真」會不會無法誕生出高超的作品，卻又不想畫地自限，只寫自己熟悉的範疇。

在如此掙扎的心態之下，了不起就是說有一堆阿貓阿狗好多動物噢，卻很難在這本作品集中歸納出共同的核心。

不過那又怎麼樣。（耳邊彷彿傳來編輯、行銷的聲音：這樣我們很難推動耶！）

也許年紀再大一點就能摸索到我的宇宙，定義那個最重要的ＣＰＵ，但此刻我僅能將那些如水般尚不成大浪的淡薄感觸，在硯台上全神貫注地磨著，最後成墨渲染於每個故事上。

這是我的第一本小說，你可能很喜歡其中一篇，我會開心地說謝謝；可能對某一篇很感冒或恨得牙癢癢，我也很樂見能製造這種效果。

畢飛宇說：「小說家的敵人，永遠是自身的貪婪。」

希望在閱讀完的當下，你們能認為這是一本豐富的小說集，那便是我餵食給自己的貪婪了。

最後不免俗的還是要來個官腔大拜拜。

感謝很多人在我寫作的這條路上提供的幫助，不管是老師、編輯、家人、朋友、同學，雖然我表現得都是一副媽咧誰管你們呀我要寫自己喜歡的東西，但即便創作是得獨自面臨的課題，孤獨的背後仍然需要某種強大的能量來不斷撐住自己，否則隨時會突然萎縮掉。

所以，謝謝。

說太多顯得矯情，剛好編輯給我的字數限制也快用完了。

無論如何，我會繼續寫下去的。

星叢

而獨角獸倒立在歧路

2023年11月初版　　定價：新臺幣350元

著　者	王仁劭
叢書主編	黃榮慶
校　對	吳美滿
內文排版	李偉涵
封面設計	Bianco Tsai

出版者	聯經出版事業股份有限公司
地址	新北市汐止區大同路一段369號1樓
叢書編輯電話	(02)86925588轉5307
台北聯經書房	台北市新生南路三段94號
電話	(02)23620308
郵政劃撥帳戶第0100559-3號	
郵撥電話	(02)23620308
印刷者	文聯彩色製版印刷有限公司
總經銷	聯合發行股份有限公司
發行所	新北市新店區寶橋路235巷6弄6號2樓
電話	(02)29178022

副總編輯	陳逸華
總編輯	涂豐恩
總經理	陳芝宇
社長	羅國俊
發行人	林載爵

行政院新聞局出版事業登記證局版臺業字第0130號

本書如有缺頁，破損，倒裝請寄回台北聯經書房更換。　ISBN　978-957-08-7149-4 (平裝)
聯經網址：www.linkingbooks.com.tw
電子信箱：linking@udngroup.com

國家圖書館出版品預行編目資料

而獨角獸倒立在歧路/王仁劭著．初版．新北市．
聯經．2023年11月．272面．14.8×21公分（星叢）
ISBN 978-957-08-7149-4（平裝）

863.57 112016938